AF282881

Santiago Petschen

LOS UCRANIANOS EN MADRID
(2022 - 2025)

Santiago Petschen

LOS UCRANIANOS EN MADRID

DESPLAZADOS POR LA GUERRA (2022 -2025)

Editado por Bubok Publishing S.L.
equipo@bubok.com
Tel: 912904490
Paseo de las Delicias 23
28045 Madrid

Índice

INTRODUCCIÓN

Inmersa en la ciudad de Madrid y en los pueblos de sus alrededores existe una ciudad ucraniana que fascina a quien empieza a descubrirla y conocerla. Tiene cerca de 25.000 habitantes. La gran mayoría de ellos llegaron después del 24 de febrero de 2022. Antes de dicha fecha los ucranianos de Madrid pasaban algo más de los tres mil. El mencionado mes de Febrero hizo crecer la cifra. Y se formó una ciudad habitada por desplazados huidos de la guerra más inesperada y salvaje que se pueda imaginar.

Una ciudad sin embargo que no es nueva. Que tiene historia. Hubo ucranianos que vinieron a Madrid nada más acabar la II Guerra Mundial. Aquí hicieron sus estudios y unos cuantos de ellos formaron familia y tuvieron descendencia. Hasta se hizo para ellos una capilla de rito bizantino (calles Serrano/Maldonado). Para conocer aquellos aconteceres hay que acudir a los archivos.

Actualmente los ucranianos de Madrid utilizan los lugares más importantes de la ciudad (la puerta del Sol, la Gran Vía, la plaza de España), para manifestarse políticamente y organizar celebraciones y protestas. Muy plenamente han logrado estar extraordinariamente asociados.

Las asociaciones que han formado son muy numerosas. La vinculación con su patria permanece muy viva. Mandan productos y víveres a su país tanto a los que moran en sus casas como a los que están luchando en la guerra. Tienen en Madrid centros de enseñanza propios íntimamente unidos a los españoles. Es muy de alabar la producción literaria y musical que generan y las veladas y conciertos que organizan. Cuentan con lugares adecuados para los espectáculos: Parroquia de Santa María de la Esperanza (Fuencarral), Espacio Imaguru, Centro cultural Sanchinarro, cines Embajadores. Ocupan espacios propios en las iglesias tanto católicas como ortodoxas así como en centros no cristianos. Sus coros recorren los barrios y los pueblos. Salen incluso a otras regiones. Estudian presencialmente en la universidad española u *on line* ucraniana. Viajan para ir a examinarse allí. Algunos han encontrado puestos importantes en oficinas y despachos. Cuando se les pregunta por el entorno humano en que viven prodigan grandes alabanzas a los españoles. Los consideran abiertos y amables. Se sienten cómodos en donde viven. Y siempre apoyados. Desconozco si en otras capitales de la Unión Europea como París, Berlín o Roma, existe un nivel tan alto de convivencia y humanismo con los ucranianos.

La ciudad ucraniana madrileña tiene dirigentes. No unos dirigentes políticos surgidos en unas elecciones sino unos dirigentes espontáneos aparecidos en las asociaciones. Los que dirigen la recogida de mercancías que envían a Ucrania, los que organizan las actividades literarias y musicales, los que orientan las actividades escolares de matiz ucraniano. Son los mismos en todas partes. Yo me encuentro siempre con ellos en cualquier evento ucraniano al que me acerque en Madrid o pueblos vecinos. Son los dirigentes ciudadanos.

La situación psicológica en la que se encuentran los ucranianos de Madrid es muy compleja. Son muchos los que viven aquí y allí. Los que tienen familia aquí y allí. Los que trabajan o estudian aquí y allí. Son situaciones complicadas que afectan el ánimo. Por ello no son pocos los que reconocen que necesitan ayuda psicológica u orientación psiquiátrica.

La primera pregunta que se hace el investigador a la hora de conocer a los vecinos de esta ciudad tan volante es: ¿cómo llegaron a Madrid? ¿quienes les fueron a buscar?

En el *coworking* del barrio de Salamanca de Madrid sito en la calle Hermosilla y conocido con el nombre de *The Shed Co*, existe desde diciembre de 2023 un Club de Oratoria. Dicho club tiene una o dos reuniones cada mes. En cada una de las reuniones toman la palabra algunos oradores. Quienes hablan en público eligen para su exposición el tema que les parece oportuno. De esa forma, el pasado día 17de junio del 2024 se produjo la intervención de Beatriz Prieto y fue dedicada a *Los huidos de la Guerra de Ucrania traídos a Madrid.* .

El autor de este libro, el profesor de *Habilidades oratorias*, Santiago Petschen, fue como sucede habitualmente, el encargado de hacer la valoración de las intervenciones. La exposición de Beatriz estuvo dedicada a la atención que su persona y un numeroso grupo de gente liderado por ella, prestó a los refugiados de la guerra. Qué hizo e hicieron para liberarles de los tanques y los misiles y traerles a los pies de la sierra de Guadarrama. El profesor quedó cautivado por dicha presentación. Valoró que Beatriz Prieto ofreciese al público unos datos muy abundantes. A saber: la cantidad de organizadores y de cooperantes ofrecidos para ir a buscar desplazados; el número de ucranianos beneficiadas por aquella acción; los kilómetros que de un tiempo a otro hubo que cubrir; los vehículos que se utilizaron; el dinero que se recogió; el reparto familiar de los huidos; la ayuda escolar que se procuró. Todo ello ofrecido en un marco de grandes cifras como la de los muertos y la del conjunto de refugiados.

Algo muy destacable se unió a los datos. El de la emoción, el de la difusión, el de la entrega humanitaria. La expositora Beatriz nos habló de las lágrimas que en numerosas ocasiones inundaron sus ojos. De cómo la quiebra de su voz manifestaba un sentimiento muy intenso. Repitió unas palabras muy significativas: esfuerzo, ganas, ayuda, apoyo, cariño. Y otras más. Tan abundantes como incisivas. Nos dijo que tuvo que verse obligada a abandonar su trabajo profesional. Y subrayó que en cuatro meses quedó muy desgastada. Fue tanto el esfuerzo que realizó que en dos semanas perdió bastante peso.

Detrás de tanto dato y de tan honda y dispersa emoción apareció un elemento de enorme interés: el de la organización. Era tan amplio y complicado el asunto que sin organización no hubiera sido posible nada. Y en la cúspide del variado mapa organizativo brilló un valor de enorme interés: el del liderazgo.

El liderazgo se mostró en primer lugar en el montaje del equipo de trabajo y en la creación de relaciones entre numerosas personas que recibieron el nombre de voluntarios. En total llegaron a ser 645. Hubo que implicar a valiosas instituciones como las Administraciones estatales, comunitarias y municipales, la Cruz Roja, diversas Ongs. La búsqueda de lugares y familias de acogida. Todo ello produjo la sensación de que en el trasfondo humano con el que se conectaba existía un profundísimo y eficaz sentido de solidaridad. Particular esfuerzo tuvo que realizarse para lograr la muy necesaria captación de dinero. La superación de los problemas que surgían fue algo a lo que hubo de dedicarse cotidianamente.

La altura del liderazgo de Beatriz me fue impresionando muy vivamente. Los valores destacaban con una riqueza considerable. Ninguno de ellos se podía dejar de lado o perder. ¿Qué había que hacer para que no se olvidara tan impresionante nivel de imaginación, de creación, de eficacia, de originalidad, de dirección? Me pareció que tan rico y plural tema exigía la elaboración de un libro. Un libro que recogiera las necesarias preguntas a las que habría que responder. Un texto que explicase los detalles de la enumeración y los entresijos de la organización. Una redacción que trasladase a la posteridad tan infinita riqueza humana y fuera modelo para otras acciones similares a llevar a cabo en el futuro.

La cordial charla que tuve con Beatriz durante el piscolabis que *The Shed Co* ofrece tras cada sesión del Club de Oratoria nos hizo bajar a la concreción. Y decidimos reunirnos para ver si podíamos hacer un texto de calidad que se difundiera entre numerosos lectores. Beatriz Prieto sería la inspiradora. Santiago Petschen el cuestionador persistente y el valorador complementario.

A medida que el trabajo proseguía caíamos en la cuenta de la excesiva inmensidad del contenido que la cuestión tenía si la analizábamos y narrábamos en el conjunto de España. Debido a ello decidimos reducir los límites geográficos del problema. Y optamos por dedicarnos al ámbito más concreto de Madrid.

Qué suerte ha tenido Madrid en recibir y acoger a tan numeroso grupo de ucranianos. Son abiertos y cordiales. Jamás se niegan a establecer la relación que se les pide. Cuánto he aprendido yo de ellos. Qué bien lo he pasado en las veladas, en los conciertos, en los encuentros, en las entrevistas, en las misas de las dos confesiones, en los centros escolares, en las conversaciones telefónicas, en los partidos de fútbol. En los contactos individuales se muestran los ucranianos solícitos en responder a lo que se les pregunta. En los grupales son extraordinariamente finos y educados. Dan a conocer lo que son. Con su amor a la música y el gusto por la literatura. En los ámbitos religiosos se han mostrado fieles y tradicionales. Qué suerte tiene Madrid albergando a tan selectos personajes que han construido en su seno urbano y territorial, una ciudad ucraniana a miles de kilómetros de su patria.

GEOPOLÍTICA Y GUERRA

CAPÍTULO I

Ucrania a la luz de la Geopolítica. La Guerra

La ciudad ucraniana de Madrid se formó por causa de la guerra provocada por Rusia. Es en la guerra y en las destrucciones causadas por ella donde dicha ciudad tiene su trasfondo humano. La cuestión nos lleva a preguntarnos algo más profundo: el porqué de la guerra. Los ucranianos de Madrid que sufren sus consecuencias, ya lo saben. Es muy importante que lo sepamos también quienes queremos, con curiosidad intelectual y literaria, acercarnos a ellos.

La geopolítica es la dimensión más grandiosa de la acción internacional de los Estados. Examinemos a Rusia desde dicho punto de vista, desde la geopolítica que necesita imponer. Prestando atención a su situación más europea, Rusia tiene una frontera extraordinariamente defendida por la naturaleza: los Urales y los Cárpatos. Pero entre ambas cordilleras, se encuentra un territorio más bien llano que Rusia debe vigilar muy estrechamente si no quiere volver a ser invadida como ocurrió con Napoleón y con Hitler. Es donde se encuentra Ucrania. Para alejar posibles ataques a su centro político Rusia necesita que las fronteras con otros Estados se encuentren lo más lejos posible de Moscú. Algo que olvidaron tanto Gorbachof como Yeltsin. Porque si Ucrania se occidentaliza políticamente y simpatiza con ser miembro de la OTAN, Rusia va a sentirse acorralada. Para evitar tamaño peligro, Putin quiso que Ucrania volviera a ser controlada, bien total o por lo menos parcialmente en alto grado. Y montó una guerra. Una guerra larga y prolongada en el Donbás que alcanzó una cima con ambición de totalidad extraordinariamente cruel, el 24 de febrero de 2022.

Vayamos unas décadas atrás para entender mejor la cuestión. Terminada la II Guerra Mundial, Stalin forzó a trasladar la frontera de la Unión Soviética muchos kilómetros hacia Occidente. Hay quien cuenta que lo hizo valiéndose de un tenedor y un cuchillo arrastrados sobre un mapa. Checoslovaquia tuvo que ceder la Ucrania transcarpática. Polonia, las regiones orientales de Galitzia y Volinya. La ciudad de Lviv, durante largo tiempo polaca, pasó a ser ucraniana.

La asimilación no fue solo geográfica sino también sociológica. La sovietización fue impuesta sirviéndose también de la religión. Los católicos uniatas sufrieron una fuerte represión. Y resurgieron la Iglesia Ortodoxa Autocéfala y la Iglesia Ortodoxa Rusa.

Hasta que, muerto Stalin, subió al poder Nikita Jrushchov que en 1954 traspasó Crimea y desestalinizó la sociedad aunque potenciara la lengua rusa. La siguió Brezhnef (1964 - 1982) quien intensificó la rusificación. En Ucrania aumentó la población rusa.

El cambio se produjo con Gorbachof. Aplicó a la política sus grandes conceptos de la perestroika y la glasnost.

Tuvo que afrontar el grave problema de la central nuclear de Chernobil. El talante abierto y moderado del nuevo mandatario dejó espacio libre a los ideólogos influidos por el Tratado de Helsinky y abrió campo de acción a los nacionalistas tanto si eran independentistas, federalistas o de extrema derecha. El Donbás se reestructuró. El ucraniano sustituyó al ruso y la bandera amarilla y azul fue izada en todos los lugares. Gorbachof visitó a Juan Pablo II en el Vaticano poniéndose fin a la ilegalidad de la Iglesia Greco Católica en Ucrania. Una ilegalidad que había durado cuatro décadas.

Así se llegó a las elecciones parlamentarias de marzo de 1990. Al PC se le opusieron varios partidos que formaban el Bloque democrático entre los que destacó el Rukh. Fue el primer paso hacia la independencia: la declaración de la soberanía de Ucrania dentro de la Unión Soviética. Un nuevo tratado de la Unión fracasó y se celebró el 1º de diciembre el referéndum en favor de la independencia. Lo aprobaron el 80% de los ciudadanos. Donde más alto se logró el nivel fue en Ternopil, Lviv y Volinya. En Zaporizia, Donets y Jarkov la altura del resultado fue inferior.

El 8 de diciembre de 1990 se reunieron en Bielorrusia Yeltsin por Rusia, Kravchuk por Ucrania y Suskievich por Bielorrusia. Firmaron el texto del Tratado de Belavezha que liquidaba la URSS y formaba la Comunidad de Estados Independientes.

El primer presidente de la Ucrania independiente fue Leonid Kravchuk, miembro del partido comunista. No había tradición estatal. El nacionalismo sólo había arraigado en las provincias occidentales. Pero se fueron dando pasos en el establecimiento de las fronteras. Se iniciaron las relaciones diplomáticas creando embajadas y consulados. Pero la

Federación rusa frenó a Ucrania en su deseo de acercarse a la Comunidad Europea.

El cambio económico va hacia adelante camino de la economía de mercado y de asimilación de criterios y prácticas capitalistas. La evolución sin embargo es lenta. Se sigue dependiendo mucho de Rusia.

A Kravchuk le sucede Leonid Kuchma ascendido al poder desde 1994 hasta el año 2005 cultivador de las fuerzas de izquierda comunistas.

Su sucesor Víctor Yuschenko formó el partido "Nuestra Ucrania" y estuvo en el poder hasta el 2.010. Tuvo de primera ministra a Julia Timoschenko y ambos impulsaron la Revolución Naranja deseosa de alejarse de Rusia. Tanto Yuschenko, exaltador de Stephan Bandera, legendario héroe independentista de Ucrania, como Timoschenko se vincularon a la derecha europea y miraron con simpatía la posibilidad de acercarse tanto a la Unión Europea como a la OTAN. Todo un movimiento político pendular de grandísimo alcance.

En el año 2010 gana el poder Víctor Yanukovich hasta el 2014. Fue partidario del Partido de las Regiones que tenía un ámbito muy propicio en el Donbás. Su presencia duró hasta su huida.

El quinto presidente fue Petro Poroschenko hasta 2019. Quiso unir factores pertenecientes tanto a los rusos como a los pro occidentales. Favoreció el idioma ucraniano y a la Iglesia Autocéfala de Ucrania. Del partido de las Regiones pasó a Nuestra Ucrania y apoyó con medios económicos a la Revolución Naranja. Como economista y empresario se hizo el rey del chocolate, de los vehículos y de los astilleros. Perdió Crimea y tuvo que soportar los movimientos del Donbás. Durante su mandato la corrupción se hizo muy prepotente en todo el país.

En el 2019 su sucesor, el sexto presidente Volodimir Zelenski, abogado, político y comediante judío de habla rusa, ganó las elecciones con más del 70% de los votos y rodeado del partido Servidor del Pueblo. Obtuvo por primera vez la mayoría absoluta en la historia de la Ucrania independiente.

Quiso poner fin al conflicto del Donbás y acarició las posibilidades de recuperar Crimea. Durante todo el 2021 estuvo en tensión con la Federación Rusa. Una tensión que hizo que el 24 de febrero de 2.022 le cayeran inesperadamente encima los bombardeos dictados por Putin desde Moscú.

¿Qué pretendía aquella guerra tan atroz y tan cruel? Recuperar para Rusia lo que aquel país tan colosal tuvo bastante tiempo en sus manos. Volver a ser el centro geopolítico del heartland extendido desde Mongolia y el norte de China hasta el mar Negro. El territorio político más poderoso de la tierra. Quien llegó a establecer allí su dominio fue un poder geopolítico conocido con el nombre de Unión de Repúblicas Socialistas Soviéticas.

¿Quién encabezaba aquella pretensión geopolítica tan ambiciosa? Un líder que se había adueñado de todo el poder que podía acumularse en Moscú. Dicho líder era Vladimir Putin. En sus 69 años de vida ha ido acumulando la capacidad de influencia que las circunstancias más extremas le han podido ir dando. Hasta que llegó a la cumbre. Desde ahí apunta a la historia del futuro. Tras perpetuarse en el poder de una de las naciones más gigantescas del orbe pretende ser reconocido como uno de los grandes personajes que Rusia haya podido generar (1).

Los tanques y las bombas que operaron en Ucrania como efecto de la invasión rusa nos dan a conocer no solamente unas estructuras bélicas enfrentadas sino también unas destrucciones materiales y unos dramas humanos tan gigantescos como terribles. La bibliografía bélica nos da a conocer sobre todo la dimensión militar. La que se dedica a investigar la amplísima faceta humana es menos ambiciosa. Nosotros, sin embargo, en este libro pretendemos destacarla con todo el valor que por sí misma tiene. Y sacar de ella unas consecuencias muy útiles tanto para ahora como para el futuro.

El proyecto ruso de Putin acerca de Ucrania tuvo un objetivo muy ambicioso y muy concreto. Desde el otoño de 2021 estuvo desplegando tropas en la frontera llegando a acumular allí más de 100. 000 soldados y más al norte, en Bielorrusia, 30.000 efectivos para la realización de maniobras combinadas. Quería el líder ruso la decapitación del gobierno de Vladimir Zelenski. Los ataques tendrían lugar en Kiev, en Jarkov, en el Dnieper hasta Jersón y en Donets y Lugangs. Con dificultades los rusos consiguieron hacerse con el aeropuerto de Hostómel pero no lograron el dominio de la capital tenazmente defendida por la artillería ucraniana con armas contra carro suministradas por Reino Unido y los Estados Unidos. No pasaron de la población cercana de Vichgorod a pesar de que lanzaron el mismo día 24 de febrero un centenar de misiles de crucero y misiles balísticos llegando tres día después, el día 27, a los 320 misiles, con fuertes destrozos en las viviendas y demás tipos de construcciones urbanas. Así se siguió hasta el día en que se produjo la detención del avance que fue el 10 de marzo. Los destrozos fueron terribles añadiéndose a ellos los causados por los misiles derribados que caían también en áreas habitadas por ciudadanos (2).

¿Cuáles fueron dichos destrozos? Los edificios, las casas, los monumentos, las vías de circulación de Kiev y otras ciudades quedaron todos convertidos en ruina. Los sitios que normalmente la gente recorría cotidianamente habían dejado de existir. Los tanques rusos derribaban las casas una tras otra con exacta precisión. Los árboles caídos al suelo daban a conocer su situación de destrozo. Muchos eran los coches calcinados. Los cráteres originados por las explosiones se mostraban abiertos como bocazas grandotas y desencajadas. Junto al intenso olor a quemado se percibía un profundamente desagradable hedor de muerte. Había personas fallecidas en las calles. Todo ello acompañado por bombardeos en ocasiones cada vez más intensos.

Una ciudad importante, duramente bombardeada, castigada con desesperación, fue Mariupol. Recorrer la ciudad era andar entre ruinas y cenizas. Si algo quedaba en pie, nuevas bombas se encargaban de destrozarlo. Un grupo muy numeroso de compañeros y de gente conocida había caído en la lucha. En un determinado momento una bomba casi acabó con el narrador del capítulo. Lo que le hizo sentirse entre los numerosos heridos que caracterizaban en aquel momento la situación de la ciudad (3).

Otro de los terribles aspectos es la destrucción de las viviendas. Irina, profesora de profesión, subió a su piso y se lo encontró devastado por un incendio. La puerta había sido reventada. La biblioteca hecha cenizas. Allí estaban carcomidos y cenicientos los libros que ella más quería y por los que se había sentido profundamente acompañada: Tolstoi, Chéjov, Dostoyievski, Cervantes, Víctor Hugo. La docente angustiada y hundida, no tuvo más remedio que imaginarse a sí misma, tras el abandono del lugar, comenzando desde la total desgracia, en una vida nueva.

El conocimiento de cómo eran los refugios añade a la cuestión una mayor sensación de horror. El sótano de una escuela se convirtió en un refugio nuclear. Desde el comienzo de la guerra era el lugar de todos los que allí se habían refugiado. Al principio, los asustadizos ocupantes se atrevían a hacer alguna salida a la calle para comprar algo. Cuando comenzaban los bombardeos, se hacía caso para salir, al sonido de las sirenas antiaéreas. Poco a poco la gente fue abandonando aquel lugar tan inhóspito. Los primeros en irse fueron los hombres que tenían que acudir a la llamada del ejército ucraniano. El refugio no podía quedar convertido en hogar permanente.

En los búnkeres y en los escondites el ambiente era silencioso y tenso. A veces surgían conversaciones esperpénticas entre quienes se veían abrumados por una persecución desaforada y quienes se dejaban llevar por una ingenua esperanza de ser liberados por un ejército salvador.

Al efecto producido por los bombazos tenemos que añadir los destrozos calculados de los ocupantes y las persecuciones informales de los invasores.

Los ocupantes no solo destruyeron material, edificios, puentes y carreteras, instalaciones, campos de plantaciones y de cultivos. Una parte de la destrucción iba calculada a efectuar daños humanos perversamente proyectados. Así, la alteración de la calidad del agua, la eliminación de los productos exportables, el mercado financiero, la confusión entre el poder político, el destrozo de la estructura informática. Se buscaba conseguir un daño mental. Por ello hay que sumar al conflicto bélico los relatos, las operaciones de propaganda, los engaños psicológicos. Toda una guerra cognitiva con el objeto de destruir la psique colectiva y una ingeniería social elaborada para explotar las vulnerabilidades del cerebro humano.

Había un espacio que se dejaba al libre placer de los soldados para que lo llenasen a su gusto. Se metían con mucha gente en general y con las mujeres en particular. Las violaciones estaban a la orden del día. Ninguna mujer era capaz de librarse de ellas.

Y la marcha al frente del familiar masculino, el transporte del material, el traslado de los refugiados al país de acogida. Así sucedió con el hermano de Yuri. Yuri estaba huido en Finlandia. Quiso volver a Ucrania para volver a verle. Cuando llegó ya no estaba. Había marchado a defender la patria. Se encaró con su padre: "¿Por qué has dejado que se fuera?" (4).

El transporte del material y el traslado de las personas es una cuestión que también debe ocupar nuestra atención. Citemos el caso de un convoy formado por numerosa furgonetas salido de Inglaterra y que atravesó el canal de La Mancha. Uno de los cooperantes de la expedición y del traslado era un ucraniano que tenía residencia en Madrid. Tras dejar Calais el convoy atravesó Francia y Alemania. Iba cargado de material médico y quirúrgico. Al llegar al hostal de Varsovia los cooperantes recobraron la liberación y el descanso. Y también el traslado de los refugiados al país de acogida.

A una furgoneta que quedó libre de la carga que transportaba, se le asignaron unas personas para llevarlas a Madrid. Fueron dos familias. Salieron del Global Centrum de Varsovia, sede de los recintos feriales en donde se concentraron diversas OnGs y parte de los refugiados en conexión con el Palacio de Cultura de la capital. El trayecto tuvo una duración aproximada de 36 horas (5).

Las dificultades para ejercer la profesión es otro de los capítulos a abordar. Isaak Begoña habla de los esfuerzos de Andrei, un músico - trompetista de jazz - para encontrar el medio laboral adecuado para ganarse la vida. En Kiev, ciudad en la que nació, se le agotaron los bares en donde podía practicar el ejercicio de su música en vivo. Se marchó a Lviv en donde conectó con Hana, amiga de la infancia. Ella fue la que le llevó a Polyanytsya. Encontró a un chaman que involucrado en los conciertos ucranianos locales le ofreció el ambiente adecuado para cantar, aullar y gritar como un poseso. Revolcándose y sintiéndose como fuera de sí, percibía que volvía a encontrarse a sí mismo. Reconoció que nunca la música le había transportado tan lejos como allí. Sintió la necesidad de devenir chamán. Era una formación que duraba dos años. Y decidió quedarse allí para iniciarla y seguirla (6).

Concluyamos el capítulo de los destrozos causados por la guerra con una afirmación de Volodymyr Yermolenko: "Ucrania es un país nacido entre violencia y traumas. Es probablemente el campeón mundial de la supervivencia" (7).

Los ucranianos de Madrid se posicionan contra la guerra desde muchos puntos de vista. Uno de ellos es el de la cultura. Por ello difunden el proyecto Culture versus War. Un proyecto que se difunde por medio del cine tanto en forma de largometrajes como de cortometrajes. El día 29 de abril de 2025 se proyectaron en los cines Embajadores los siguientes cortos: Antytila, Serhiy Zhedan, Kostyantyn y Vlada Liberov. Unos cortometrajes que forman parte de toda una serie contra la guerra. Muestran de una forma extraordinariamente artística la acción de voluntarios en favor de la paz. Estuvo presente en el acto la Agregada Cultural de la Embajada de Ucrania en el Reino de España, Oksana Skrypets quien dio sendas placas a Marga Díaz, representante de la Red Ibérica de Solidaridad con Ucrania y a Olga Ledo traductora al castellano del texto de los cortometrajes.

El día 6 de mayo del mismo mes y año, una semana después, se proyectó en el mismo cine un largometraje con el mismo tema. El número de asistentes superó a los del día anterior.

CAPACIDAD DE LIDERAZGO Y ORGANIZACIÓN

CAPÍTULO II

Capacidad de liderazgo y de organización

Con unas circunstancias así no es posible vivir. No es posible supeditarse a una política tan cruel y tan abusiva de control del territorio. Los territorios a los que nos referimos, no son territorios despoblados como el Ártico o la Antártida. Son espacios que tienen población. Una población gigantesca. Albergan millones de habitantes. Juntan un ingente número de familias que habitan viviendas y cuyos miembros trabajan en oficinas y fábricas. Utilizan un espacio urbano para el aprendizaje, para la salud, para el transporte. Y la conquista del territorio, cuando se produce, causa unos daños terribles a las personas que los habitan. Muertos, heridos, huérfanos, refugiados. Todo un gran número de seres humanos que necesitan protección, alimentos, traslados, consideración en otros Estados de refugiados políticos con familias que les acojan e instituciones que les ordenen la vida nueva a la que han accedido.

Para ello es necesario que se lance un despliegue de acogida grandioso que debe ser sometido a selección y evaluación. Una organización de medios de transporte para la realización de los traslados. Un reparto de muy variado tipo de personas (ancianos, madres de familia, niños, discapacitados, enfermos), que debe ser distribuido con atenciones tan variadas como complicadas. Ucrania tiene en este momento, 38 millones de habitantes. La guerra hizo que huyeran al exterior como unos siete u ocho millones. A dichos refugiados fue más fácil prestarles atención. La guerra no impedía directamente la ayuda. De esos cuatro millones vinieron a España algo más de doscientos mil. Pero a los que se quedaban dentro no se les podía, a pesar de las grandes dificultades que suponía, dejar sin atención.

En los doce años que van de 2008 a 2020 se recibieron en España 14.630 solicitudes de asilo de ciudadanos ucranianos. Pero de ellas, solo 65 fueron antes del 2014. Relación por lo tanto prácticamente inexistente. En 2014, fecha de la absorción política de la península de Crimea por Rusia, se constata un cambio. En 2015 las solicitudes de asilo fueron 3.345. En 2020 descendieron a 1.115.

Durante la guerra de Ucrania salieron del país 8.255.288 refugiados. Se encontraron en protección temporal 5.140. 259. Los países de la Unión Europea acordaron inmediatamente al inicio de los bombardeos darles dicha protección: permiso de residencia, acceso al mercado laboral y a la vivienda, asistencia médica y social por tres años.

España acogió en los 12 primeros meses después de la invasión a casi 170.000 ucranianos huidos. De todos ellos encontraron empleo 13.695. Las comunidades autónomas que en ese primer año (hasta el 16 de febrero de 2023) otorgaron mayor número de situaciones de protección financiera fueron:

Comunidad Valenciana: 45.159. Cataluña: 38.482. Andalucía: 23.922. Y Madrid: 23.587.

El día 1 de enero de 2022 había en España 110.977 ciudadanos procedentes de Ucrania. Y el 1 de enero de 2023 ya estaban empadronados 193.292. Es decir, 83.000 ciudadanos más.

Por meses los empadronamientos en 2022 fueron éstos: marzo 21.217 ucranianos; abril 17.836; mayo 10.840; junio 6.500; diciembre 3.732.

Al final de 2022 contaban con documentación de residencia 157.180. De ellos estaban dados de alta en la Seguridad Social 13.695. Un porcentaje muy bajo. 2013 trabajaban en hostelería; 1170 en construcción; 1064 en programación y consultoría (informática).

En esos 12 años se escolarizaron en España 37.208 refugiados ucranianos. En educación primaria 13.500. En educación secundaria y FP básica, 8.570. En idiomas y educación de adultos 7116. En educación infantil 5.613. En bachillerato y FP grado medio y superior 1.178.

El 31 de marzo de 2024 había en España con documentación de residencia en vigor 293.131 ucranianos. El 80% tenía trabajo. Las ciudades en las que mayoritariamente se habían asentado, sin olvidar sus alrededores, eran las siguientes: Madrid, Barcelona, Valencia, Albacete, Alicante, Torrevieja, Murcia, Málaga, Marbella, Huelva, Sevilla y Gijón.

Llama la atención la rapidez con la que se organizaron. En internet se dan los nombres y modos de contacto de 26 asociaciones. En Madrid se dan 6 asociaciones en la capital. Y también otras en Alcalá, Móstoles y Torrejón. Hay sin embargo más como veremos.

Todo lo dicho hasta aquí supone gran capacidad de relacionarse con las instituciones, de lograr material, de buscar medios económicos. Hay dimensiones que solo pueden ser abordadas por personal experto, por un voluntariado desinteresado y decidido. De ello vamos a hablar aquí.

I -. Personas con historial eminente de entrega humanitaria

Entre las personas que dedicaron su esfuerzo y tiempo a los perseguidos y desplazados por la guerra de Rusia contra Ucrania hallamos tres tipos que vamos a exponer.

El primer tipo está formado por quienes tenían un admirable historial de entrega a los que sufren con el objetivo de solucionar sus problemas. El segundo tipo a quienes despertaron a una acción muy generosa de ayuda en el marco de alguna institución. Y el tercero, a quienes reaccionaron de una manera espontánea, bien individual, bien colectiva, para ponerse al servicio de quienes tenían unas necesidades apremiantes originadas por la guerra.

En el primer tipo destacamos a tres personas. Sus nombres son: David Quintana, Álvaro Cuadrado y Antonio Martín Duce.

David Quintana

Prohombre de notables méritos y de grandes cualidades. Es piloto de avión. Persona muy dada a entregarse en cuerpo y alma a cuestiones humanitarias. Hizo en Miami un Máster de Gestión y Dirección de Grandes Crisis. Habla cinco idiomas. Dice de sí mismo que tiene mucha sensibilidad para simpatizar con la gente que está sufriendo. Que es persona dura, que no se derrumba nunca, por su gran resistencia física.

De adolescente se hizo miembro de la Cruz Roja y a los 19 años participó en la catástrofe veraniega del Camping de Biesgas. Actuó como colaborador del protocolo de identificación.

Es miembro desde hace 27 años de Aviación sin Fronteras. Coordinador de voluntariado. Ha participado en Proyectos de Migraciones. Cuando se realizan traslados de niños de África a hospitales españoles para ser operados, los devuelve a su país. Hizo labor de acompañamiento de un grupo de culturas ancestrales discriminado en Bután y marginado a una zona fronteriza con Nepal. En grupos de cincuenta fueron trasladados a diversos países como USA, Canadá, Bélgica, Dinamarca y Australia.

También ha realizado una particular labor en Gestión de Catástrofes Aéreas. Destaca ante los que le escuchan, la labor que realizó en el accidente de Spanair siendo durante dos semanas jefe de equipo de 300 voluntarios. Trabajó para Kenion y luego pasó a ser freelance. Recuerda lo que hizo cuando el famoso sunami. Realizó labores muy dignos de encomio en África del Sur, en Australia y en el Amazonas vinculado a las Naciones Unidas.

Álvaro Cuadrado

Canario de nacimiento y formación. Dice que se creó en un barco. Muy emprendedor y gran idealista, aunque siempre afirma que toca mucho con los pies en el suelo. Le impactaron de joven, con solo tener quince años, las generosas apuestas como embajadores de la paz de Miguel de la Quadra Salcedo. Muy aventurero. Tuvo una gran convicción por ayudar. Tiene mucha sensibilidad ante los problemas humanos. Dice que ante las grandes calamidades no sabe mirar hacia otro lado. Es un experto audiovisual.

Creó una empresa difusora de su especialidad llamada Hambre cero. Con oficina en La Latina madrileña. Agrupa varias líneas de negocio.

En el año 2005 se lanzó a emprendimientos humanitarios de gran envergadura. En el año del Covid 2020, solicitó multiplicar su actividad desdoblando su empresa en una fundación. Es la fundación Hambre cero de la que Álvaro es el presidente y que potencia un patronato. De esa forma, empresa y fundación son dos instituciones tan diferentes como independientes.

En Madrid, muchas fueron las cenas que impulsó a repartir por Tirso de Molina y por muchos otros lugares de España

Cuando el desasosiego del volcán de La Palma, recogió y envió toneladas de ayuda humanitaria.

En cerca de veinte años ha estado presente en situaciones de emergencia en 34 países. Entre ellos Colombia, Ecuador, México, Panamá, Brasil (inundaciones) en América Latina. Uganda, Ruanda Namibia en África. Siria, Líbano y Palestina en el Próximo Oriente, Indonesia en el Índico cuando los terremotos. Ha intervenido en 9 conflictos bélicos (Palestina ...) y en 6 desastres naturales. Ha repartido más de 20 millones de raciones. Ha enviado a 25 ciudades 109 camiones trailers por un valor de 8 millones de euros.

Los participantes en los trabajos de la Fundación y la Fundación misma se consideran pequeños pero llenos de ambición. Por ello difunden este slogan: "Estamos dando lo que tenemos que dar y haciendo lo que tenemos que hacer".

La Fundación tiene una nave en Madrid. A dicha nave llegan (donación en especie), numerosos materiales entre los que destacan los alimentos y los productos de higiene.

Una de las operaciones más importantes de la Fundación es el transporte que se realiza por medio de camiones. Se contratan a empresas logísticas.

La Fundación Hambre cero tiene un nivel económico ínfimo en comparación con lo muchísimo que logra. No tiene ninguna nómina.

Antonio Martín Duce

El Doctor Antonio Martín, catedrático de Medicina en la Universidad de Alcalá de Henares, cuando tenía doce años se vinculó a un grupo católico francés de voluntariado que operaba en Madrid. Los preadolescentes que lo formaban, acudían a visitar y atender ancianos, lavaban platos y montaban obras de teatro. En cierta ocasión organizaron en Cercedilla una operación chatarra.

Siendo estudiante de Medicina en la Complutense tomó parte en una acción eminentemente social en Ghana. Se marchó a África para dos meses y se quedó allí casi cinco. Siempre trabajaba en el entorno cultivado por los hermanos de San Juan de Dios y de las hermanas de la Caridad de Santa Ana.

A su regreso se hizo miembro de Médicos sin Fronteras. A imitación de lo que había en Bélgica y en Francia colaboró a montar la sede española de la mencionada OnG. Los dirigentes estaban en Barcelona y el centro organizativo estaba encuadrado en el Colegio de Médicos. Dos actividades primordiales recuerda: la búsqueda de personal y la labor logística.

Antonio Martín, hace algo así como unos quince años, fundó un grupo misionero en la parroquia de Nuestra Señora de las Américas situada en La Piovera de Madrid junto a Canillejas. Allí el trabajo se hizo a la sombra de la Fraternidad Verbum Dei que tenía puestos de misión en el Camerún y el Congo. Un instituto secular con tres secciones: hombres, mujeres y matrimonios. La congregación, en un determinado momento de sus actividades, optó por construir un colegio en Khinshaha tras conseguir el terreno adecuado. Desde aquí se les ayudaba.

Los medios para sacar dinero fueron estos:

1. Hacer libros de vocabulario español culto. Con juegos de palabras se sacaba dinero y se mandaba a África.
2. Venta de Lotería.
3. Campeonatos de Pádel.

El dinero que se sacaba se mandaba para aquellos edificios que se iban edificando poco a poco. Uno era totalmente nuevo y el otro de paredes antiguas. Ahora el colegio tiene como unos 350 alumnos: chicos y chicas. Se llama colegio Verbum Dei. Es un centro del que nunca se echa a nadie por no pagar. En España se han conseguido 42 padrinos que aportan cada uno diez euros al mes.

Existe otro grupo de acción llama do Kivuvu (Ong congoleña). El director es una teólogo africano que se casó con una española médica de profesión. Tienen dos hijos. Su nombre es Flabián Muzumanga. Existe un Kivuvu Congo y un Kivuvu España. El colegio tiene dos propietarios. A partir del colegio se lanzaron otras muchas obras. Se ayudó a otro colegio. Se montó un dispensario, una farmacia, una fábrica de ladrillos. El pueblo de Flabián es Matari que está situad a 550 kilómetros de Kinshasa. Desde hace ocho años se está construyendo en Matari el primer hospital materno infantil. Se halla ya muy avanzado. Se espera abrirlo a finales del 2025.

¿Cómo les ayuda el dr. Antonio Martín desde España? Una de las operaciones que se lleva a cabo es el envío de dinero procedente de la venta de lotería. Un número se vendió entero (1750 décimos). En la parroquia se coloca en la puerta y vende en todas las misas. También en todas las misas de Nuestra Señora de La Moraleja. Extiende también su venta en la Universidad. Su intenso trabajo ha repercutido en su salud. Actualmente padece una hernia de disco. Sus frecuentes ausencias de la familia a causa de dicho trabajo hace que su mujer la viva con notable desesperación. Sus dos hijas también están desesperadas porque las enfrasca en su trabajo. Una hija es ilustradora y la otra psicóloga y maestra de infantil y de primaria. La otra es periodista en Vocento (ABC).

En relación con Kivuvu una persona de aquí llamada Ricardo Laporta relacionado con los marqueses de Suances ha creado una fundación que tiene por nombre Fundación Manchu Suances. También con una empresa se ha firmado la entrega de dinero para concluir lo que falta del hospital.

II -. Personas que despertaron a la ayuda social en el marco de una institución

El drama humano de tanta profundidad que creó la invasión bélica de Rusia y el bombardeo de Ucrania Hizo que naciera una institución cuya actividad nos va a ocupar bastantes páginas. ¿Cómo lograr hacer algo? Instagram fue el medio de información. Se siguió a las personas que dirigían los noticiarios y los programas. Una convocatoria difundida en las redes hizo el resto. Se trataba simplemente de sacar gente de la Ucrania destrozada por las bombas y los tanques y traerla a España. Era necesario para ello formar un equipo. Un equipo básico. Muy eficaz.

El día 2 de marzo de 2022 y como fruto de aquella convocatoria se reunió a unas 50 personas. La reunión tuvo lugar en Sanchinarro, en una Ludoteca cedida por uno de aquellos candidatos a colaborar. Estaba situada en la calle Princesa de Éboli. Fue el día 4 de marzo, viernes.

De allí surgieron numerosas personas de las que vamos a hablar. Fue la institución la que hizo nacer su entrega.

Beatriz Prieto

Beatriz Prieto engrandeció su capacidad creadora y organizativa en el marco de la institución que ella fundó: la Organización Nadiya. Es una persona que tiene unas coordenadas vitales muy normales. Nació en Madrid el 6 de noviembre de 1971. Hizo la carrera de ADE (Administración y Dirección de Empresas) en ICADE, de la Universidad Pontificia de Comillas. Al principio recibió ayuda para el costo tanto de la carrera como del master. El resto lo pagó con su trabajo. Encontró un puesto laboral en ADECCO empresa dedicada al trabajo temporal y de esa forma se especializó en recursos humanos. En el año 2017 empezó a trabajar en la empresa Más Vida dedicándose a las reformas, a la decoración y a los temas inmobiliarios. Siempre se ha encontrado muy a gusto en el ejercicio de su profesión dirigida por el experto Julián Franco. Pasados siete años, continúa en ella. Lo que más le encanta es ser comercial. Ha acumulado muy buenas relaciones sociales. Ha realizado cantidad de compraventas con éxito. La mayoría de las viviendas que vende se limitan a la nuda propiedad quedándose el usufructo de forma permanente la persona anciana que la habita. Se quedó huérfana de padre cuando tenía 24 años. Ahora está casada y tiene dos hijas.

Beatriz se volcó a la acción en favor de los ucranianos que deseaban abandonar su país invadido y destrozado.

La Asamblea de los cincuenta de Sanchinarro. Miembros eminentes

En aquella asamblea de Sanchinarro formada por unas cincuenta personas, hubo algunas muy eminentes como se vio a lo largo de aquel proceso de ayuda internacional al desprotegido. Formaron parte de ella los tres prohombres de los que antes hablamos: David Quintana, amigo de Beatriz desde los dos años. Álvaro Cuadrado, con su amiga Eli Gil. Y el catedrático de Cirugía Antonio Martín Duce.

Hubo además, otras:

- **Beatriz Prieto**, la organizadora principal y motor del proyecto que inmediatamente se ponía en marcha. Muy desde el principio dejó parte de su trabajo en la empresa antes citada. Recibió gran apoyo tanto del marido y de las hijas como de la empresa.
- **Alejandro Espinosa**. CEO de una empresa muy importante de comunicación. Creó la página de Instagram llamada Nadiya. Siempre estuvo acompañado por Julieta, su mujer.
- **Ana Odogarty**, de origen irlandés, experta en finanzas. Fue la tesorera en relación con *Hambre cero*.
- **Karen Zonnervylle**, de nacionalidad holandesa, que aportó mucho dinero. Dueña de una tienda de perros en Las Lomas dio mucha comida para animales.
- **Gabi Guerra**, autora del organigrama. Realizó su trabajo en Amazon y fue una verdadera máquina de la organización.
- **Ana Guerra**, hermana de la anterior Gabi. Trabajaba en Foreo. Las dos hermanas eran grandes organizadoras.

- **Victoria Maseda**. Mujer de carácter fuerte. Cuarenta y ocho años. Ex jugadora de baloncesto. Persona muy divertida. De notables cualidades para la organización. Directora del restaurante de la Casa Gallega de la plaza de Benavente de Madrid. Tiene dotes muy considerables tanto para dirigir la alta cocina como para dirigir equipos.
- **David Martínez España**. De Barcelona. Personaje de gran sensibilidad. Le afectaba mucho el problema de los refugiados. Íntimo colaborador de David Quintana pero no tan aventurero como él. Es más bien, urbanita. Fue arrastrado a la cooperación con Nadiya por Beatriz Prieto y por David Quintana.
- **Daniel Herzog**. De nacionalidad alemana. Muy colaboracionista de carácter. Al ir a la frontera polaco ucraniana se quedó en Berlín.
- **Conrad Juliá Hosch**, argentino. Vivió en Estados Unidos. En Los Ángeles tuvo una novia ucraniana. Pasó a residir luego a Bélgica (Brujas), en donde se interesó mucho por Ucrania en donde tuvo otra novia que era de Kiev. Al hijo que ella tenía le consideró como propio. Cuando empezó la guerra tomó el avión y se fue a Varsovia. Entró casualmente en contacto con Nadiya que se movía en el Centro de Convenciones algo así como el IFEMA de Madrid. Se incorporó al quehacer de Nadiya resultando ser un organizador clave entregado a labor de documentación y equipajes. Ante necesidades concretas ponía generosamente su propio dinero. Vino a ocupar el papel de líder humanista.
- **Karen Zonnerville**. De nacionalidad holandesa, casada y con hijos. Tiene una tienda de perros en Las Lomas.

De carácter muy generoso se sensibilizó con la cuestión de los refugiados ucranianos a través de Instagram. Como tiene una gran furgoneta pensó utilizarla para traer ucranianos por su cuenta. Así lo manifestó un día a sus padres comiendo con ellos en El Pimiento Verde. A través de un anuncio se enteró de la existencia de Nadiya que organizaba viajes de furgonetas al servicio de refugiados de guerra de Ucrania y decidió unirse al grupo habiendo conocido a Beatriz. Su marido, sin embargo, viendo que la cuestión tenía dificultades pagó de su bolsillo un autobús para traer ucranianos. La generosidad de Karen llevó a que por espacio de tres meses viniera a abandonar prácticamente a su familia. Se dio a la causa con toda su alma.

III -. Personas que reaccionaron de una manera espontánea, bien grupal, bien individualmente
Ejemplo de reacción grupal

Ponemos como ejemplar el grupo formado en Torrelodones que quiso ser útil para las necesidades surgidas en la guerra iniciada aquel fatídico 24 de febrero.

En Torrelodones se formó un club con el nombre de Club 72 lugar en donde se reunían. Teniendo conocimiento de lo que había empezado a ocurrir en Ucrania, la invasión rusa de Putin, albergaron en su mente la idea de prestar apoyo a huérfanos. Y se pusieron enseguida, manos a la obra, contactando con una persona, Mikola Makaryuk, que había vivido largo tiempo en Galapagar y había regresado a Ivano - Frankivits. Ahora Mikola es oficial retirado. Se licenció por falta de salud y por el momento está en la reserva ayudando a realizar la instrucción. Mikola pertenece a una OnG llamada

"I can, you can". En España se ha montado una filial de ella. Qué interesante resulta hablar por teléfono con Mikola desde Torrelodones. Con sus 24 años de estancia aquí su español es perfecto. Y su conocimiento de las personas y del ambiente, más perfecto todavía si cabe.

Forman parte de dicho club 72, Fernando González, propietario de un taller de reparación de automóviles, José Antonio, hermano de Fernando, María, miembro de la policía nacional, Ignacio, camionero de Villalba, Paco, empresario de viajes método on line y Juan Carlos Narro, ingeniero. Los citados estaban en conexión con otro ucraniano residente en España que vivió en Ávila en donde aprendió el español y en donde conserva a sus padres adoptivos. Ahora su lugar de residencia es Salamanca y está dedicado a la ciber seguridad.

Decidieron hacer el viaje y llevar los donativos como luego veremos con detalle.

Ejemplo de reacción individual

Es el de una persona ucraniana llamada Irina.

Nació en Kiev. Se especializó en la Universidad de Kiev en Filología rusa. La relación que adquirió con un muchacho español, con el que pasado el tiempo se casaría, le hizo venir a Madrid y matricularse en la Universidad Complutense para doctorarse. Hizo los cursos pero no culminó la tesis. Luego fue contratada como profesora ayudante y más tarde como profesora asociada de ruso y de ucraniano. Estuvo dando clases hasta el año 2010. Su nacionalidad era la ucraniana y la adquirió tras la conversión de Ucrania en Estado independiente en el año 1991. Su lengua materna era el ruso. Vivir en un medio bilingüe la hizo dominar también el ucraniano. Las manifestaciones bélicas aparecieron en Crimea, en el Donbás y en territorios colindantes. Desde Maidán no había más remedio que pronunciarse. Se encontraba en una situación propicia para ello. Tenía una amistad muy íntima desde la infancia con uno de los líderes más significados del movimiento conocido con el nombre de "Sobre el asfalto". Un año después de iniciarse tal movimiento la independencia llegó. Fue el año 1991.

Tras los procedimientos políticos de vaivén se echó encima la fuerte crisis de los años 2013 y 2014. En ella Irina terminó de ver que Putin para Ucrania representaba cien por cien, el mal. Toda la justicia a la que se podía aspirar y por la que se podría luchar era claramente atropellada. Irina no dudó un solo momento en ponerse en favor de la justicia. Y de esa manera se fue sintiendo más ucraniana que nunca.

Tiende vínculos con el Hare Krisna. Profundiza en sus principios filosóficos y morales. Se va enamorando de la filosofía de los Vedas. El principio fundamental está basado en la no violencia. No se trata de una cuestión religiosa. La fe es algo privado e íntimo. Ella se decide a colaborar con la religión solamente cuando tanto los principios como las situaciones aparezcan plenamente limpias.

Cuando empezaron los bombardeos el 24 de febrero de 2022, Irina y su familia habían realizado una excursión a Cantabria. Fue a las cuatro de la madrugada cuando se despertó y oyó por teléfono la Declaración de Putin. Con otros ucranianos que con ellos estaban conectaron telefónicamente con Kiev. Las noticias que reciben de la capital de Ucrania y los intercambios de información que se cruzan les dan a entender que la ciudad que vio nacer a Irina se ha convertido en un caos. La desorganización es reina y señora de la situación. Ni siquiera hay gasolina para poderse escapar. ¿Qué solución había que poner a tan calamitoso y gigantesco desastre? Dos tensiones se oponían entre sí. Una, la de quedarse. Si nos vamos, decían muchos ¿quién va a defender nuestro país? Tenemos que quedarnos. No podemos dejar a nuestra tierra vacía de habitantes. Destruida y quemada por las bombas, había que compartir el destino en la patria de origen. Otra, la de marcharse. No hay más remedio que salvar a nuestros hijos. Los que tenían niños debían huir con ellos.

Parte del trabajo está referido a la frontera ucraniano polaca. A ella le valen mucho tanto los idiomas como los contactos. De esa forma fue formándose una organización informal. Los que llaman son ucranianos. Se originan gran cantidad de llamadas procedentes de varios países como de Polonia, Moldavia y Bulgaria. Irina ejerce de coordinadora de los voluntarios utilizando el poderoso instrumento del teléfono. Hubo gente que vino a España en avión. Hablaremos de ello en otro lugar. Para Irina todo fue como un milagro. Se llegó a convertir incluso en controladora aérea. Su cabeza parecía la de una centralita de taxis. Un objetivo: unir clientes con voluntarios. Esta fase que acabamos de construir como síntesis, fue la del viaje.

LOS VIAJES

CAPÍTULO III

Los Viajes en busca de ucranianos sedientos de protección frente a Putin

Si todos los capítulos de este libro tienen mucho atractivo por tratar de la colaboración en favor de los exiliados de guerra, el de los viajes lo tiene todavía más por su alto nivel de audacia y de aventura. Convoy Esperanza, organización creada en Instagram el 5 de marzo del 2022, empezó su trabajo buscando furgonetas. Había que llevar mercancías a Ucrania y traer al volver, personas de Ucrania. Fueron nueve las furgonetas de las que se pudo disponer. Se encontraron conductores para todas ellas.

Se establecieron unas normas entre las que destacaban no hacer fotos de las personas trasladadas a España. No transmitir penas. Hubo quien no cumplió la norma de no hacer fotos y fue severamente amonestado con amenaza de ser expulsado de la organización si volvía a hacerlo.

Si importante fue para Nadiya la captación de personas valiosas, de gran calidad organizativa fue la conexión con instituciones. Así la empresa *Hambre cero* cuyo dueño era Álvaro Cuadrado y que contaba con diversos patrocinadores. Se conectó también con *Médicos sin fronteras* a través del Dr. Antonio Martí Duce de la Universidad de Alcalá de Henares. También con varias Ongs. como *Tu Akogida* y *Madrina*. Hubo conexión tanto con la Agencia EFE como con Tele Madrid.

Al cabo de unos días se cambió el nombre de Convoy Esperanza por el de Nadiya (esperanza en ucraniano). Nadiyaspain fue registrada en la oficina de patentes y marcas.

Para los contactos con Ucrania era necesario tener personal que supiera ucraniano o ruso. En este caso se optó por el ruso La inmensa mayoría de las relaciones y de la acción de intérprete fue llevada a cabo por María la Rusa que era profesora de ruso en Salamanca.

Paracuellos del Jarama

Para centralizar toda la organización se creó un campo base en Paracuellos del Jarama. Fue en el chalet propiedad de David Quintana situado en la calle Torrelaguna. El dueño vivía solo y cuando tuvo que marcharse a Polonia lo dejó en manos de los amigos organizadores. Unos eran empleados de líneas aéreas. Otros vecinos como Rosa y Carmen. Luego hubo que utilizar también el chalet de un particular del entorno. Ambos dueños cedieron el espacio con gran generosidad. Desde el primer día, trasmitidas las peticiones por los medios de comunicación, llegaron muchos coches de gente desconocida. Se fue recibiendo ropa especialmente de invierno, material sanitario, pañales, comida para bebés, generadores. Un colegio dio material escolar destacando los muchos tablets. Fueron voluntarios los que hicieron la labor clasificatoria.

El objetivo de dicho campo base fue ofrecer los servicios necesarios al equipo de Nadiya para que acogiera refugiados necesitados para el traslado, los transportara y una vez en España los colocara en familias españolas. La dirección de dicha entidad fue puesta en manos de tres voluntarios permanentes que establecieron colaboraciones con asociaciones, instituciones, dirigentes, afectados, centros de ayuda, familias de acogida. Una de las relaciones de alto nivel a las que prestaban especial atención eran las que tenían que hacer con la Embajada.

Junto a dicha labor tan personal se realizaba otra enfocada a la recogida de mercancías. Conviene advertir aquí que no se podía realizar ningún transporte de medicinas.

El aspecto organizativo más delicado fue el de los traslados de refugiados entre Ucrania (más en concreto hay que decir de Polonia) y España. Hubo que hacer el seguimiento de los viajes de los trasladados en furgoneta y en un par de ocasiones por avión. También estuvo a cargo de dicho campo base la cooperación con otras asociaciones de gestión de pasajeros. Las furgonetas que debían partir recibieron una revisión gratuita en los talleres Velázquez de la localidad de Paracuellos.

El Primer viaje en furgoneta

La primera furgoneta enviada a Polonia, fue prestada por María José de Las Rozas. En ella iban los dos pilotos David Quintana y David Martínez junto con Daniel Herzog, de nacionalidad alemana, *community manager* de Spotify. En el vehículo se amontonaron muchas mercancías. La primera noche del viaje se pasó en Francia (Nimes). Hicieron escala en Dusselford en donde la madre de Daniel prestó una colaboración de atención y comida tan entrañable como eficaz. La noche siguiente la pasaron en Varsovia. En el ferial de la capital se estaban agrupando a la espera unas 30.000 personas. De allí pasaron a Wroclaw albergándose en un hostal.

Formaron la avanzadilla para prepararlo todo. Wroclaw es una ciudad de más de seiscientos mil habitantes situada en el sureste de Polonia. Antes de la II Guerra Mundial era alemana (Breslavia). Cuenta con construcciones y edificios antiguos como la plaza del Mercado y el Ayuntamiento de estilo gótico. El auditorio Centro del Centenario, situado al otro lado del río, muestra su gran cúpula y una elevada aguja. Todo ello hace que la ciudad sea notablemente turística. A Wroclaw, desde el inicio de la guerra de Ucrania, llegaron cantidad de refugiados, gente que temía verse afectada por los bombardeos y las armas destructivas de la invasión rusa.

El Viaje de las otras furgonetas

En el brevísimo inicio de la operación de traslado a España en furgoneta, los vehículos hicieron funciones de taxi entre Wroclaw y Varsovia. En Wroclaw las furgonetas debían recoger a la gente. Una norma organizativa fundamental fue que todos debían tener raíces o contactos españoles. Así había sido preparado por María la profesora rusa de Salamanca. Entre ellos había 20 niños. Hubo que comprarles mochilas, juguetes, pequeñas maletitas, sillas de bebé. Y, por supuesto, comida adecuada. En el stock no podía haber mercancías poco o nada necesarias. Los erasmus españoles establecidos en Polonia hicieron de intérpretes. A veces los niños iban acompañados por los abuelos. Los hombres útiles mayores de 18 años no podían dejar Ucrania porque estaban obligados a combatir. Se admitía también al perrito de familia.

A Wroclaw y a Varsovia acudió gente procedente de las grandes ciudades próximas a la frontera que se benefició de la generosidad polaca que ofrecía a los ucranianos billetes de tren gratuitos. Polonia entera se fue dejando el alma por los refugiados que venían de Ucrania. Toda la capital se llenó de banderas de amarillo y azul. En los edificios oficiales, en las industrias y en las oficinas, en las viviendas, en los autobuses. Los vehículos portadores de ucranianos tenían preferencia para circular. La gente aplaudía a su paso. Daban dinero en su beneficio. Pensaban en los miles de personas que, buscando supervivencia, iban a llegar a España desamparados para recibir protección.

Si la furgoneta de los primeros enviados salió el día 8 de marzo, las otras ocho salieron un día después, el 9 de marzo. Dicha operación fue denominada con el nombre de Convoy 1. La salida tuvo lugar muy de madrugada desde Madrid. Fueron en ellas catorce voluntarios. Se utilizaron para evacuar trayendo a España a 43 personas 19 de ellas menores de edad que habitaban en ocho ciudades diferentes.

Segunda denominación - Convoy 2 - a un grupo formado por dos furgonetas, dos conductores y dos bomberos.

Se denominó Convoy 5 al apoyo logístico ofrecido a otras instituciones y asociaciones con las que el grupo Nadiya colaboró facilitando el traslado de mercancías a destino.

Las colaboraciones fueron las siguientes:

1. Tres trailers con Hambre cero.
2. Un trailer con Mensajeros de la Paz.
3. Un trailer en Wroclaw.
4. Dos trailers con envío de colchones CR (fin de semana).

El traslado en furgoneta tuvo un fin rápido. Se vio que no era eficiente ni ecológico ni económico. Y se decidió sustituirlas por autobuses. Autobuses que eran ofrecidos a la organización Nadiya como donativo en especie por parte de las empresas. Era un medio de transporte muchísimo más seguro y eficiente. Iban conducidos por profesionales. Tenían mucho más espacio para el traslado de material. Las noches se pasaban mejor en un asiento de autobús que en el de una furgoneta.

Los organizadores de Nadiya eran conscientes del cuidado que debían tener para evitar que algunos que por encima de todo quería huir, se aprovecharan de la situación colándose en los autobuses sin tener la documentación válida.

Hubo instituciones que conectaron directamente entre sí. Así por ejemplo el Conservatorio de Oviedo se relacionó con el de Kiev para el traslado y la colocación en familias. El autobús con niñas adolescentes debían salir para Oviedo desde Wroclaw. Para ello David llevó desde Varsovia a Wroclaw a seis niñas en furgoneta.

Las Mercancías

Para el traslado de mercancías, Nadiya contaba con la Fundación *Hambre cero* que estaba entonces en proceso de constitución. Fueron las amistades las que hicieron de enlace entre las dos instituciones. Había que tener en cuenta este dato: si fueron cuatro los millones de personas que salieron de Ucrania rumbo al exterior, en el país se quedaban cerca de cuarenta millones. No se les podía abandonar. Había que atenderles llevándoles víveres e instrumentos Para ello eran necesarios los camiones. Nadiya aportó dinero para que se hicieran los traslados que se numeran como siete. Nadiya accedió con tarjeta de poder adquisitivo alto. En el sexto día de la Guerra de Ucrania Álvaro Cuadrado ya estaba allí. En sus varios viajes llegó a Odessa y Novgorod. Su consejo fue valioso para maximizar el impacto de la inversión. Lo positivo con Nadiya fue hacer eficiente la economía. La carga que llevaba a veces un camión era de unos cien mil euros. La relación de *Hambre cero* con Nadiya tuvo un éxito relacional enorme.

La Acción de Nadiya en la extensa zona fronteriza ucranio polaca

El más importante lugar de trabajo fue el Centro de Convenciones de Varsovia. Operaban haciendo ofertas tanto las OnGs como los particulares. Ocupaban las numerosas naves que allí había. En el medio español en donde estaba Nadiya destacaban tres instituciones: a) -. la oficial del gobierno de España (embajada y consulado). b) -. Una Ong donde se encontraba Carlos Herrera. c) -. Otra OnG llamada Madrina vinculada a la Iglesia.

En la cuestión del transporte hubo momentos de verdadero caos. Gente desconocida, furgonetas incómodas, lugares de acogida nuevos. Los que huían se apuntaban en distintas listas. Algunos hicieron el viaje atraídos por ofertas improvisadas.

Cuando llegaron las furgonetas españolas a recoger refugiados se encontraron con que el trabajo organizativo inicial ya había sido realizado. Por ello los vehículos pudieron salir sin demora hacia España.

Del resto se encargaron, una vez allí David Quintana y David Martínez España. Estuvieron instalados en un hotel en Lublin por cuenta de Nadiya. Tuvieron a su cargo la organización de los autobuses y de los viajes en avión. Hicieron la selección de personas y procuraron exigir la necesaria documentación y que el papeleo se acomodase a las correctas exigencias normativas.

Los dos miembros destacados de Nadiya recibieron numerosas ofertas de colaboración. Una de ellas fue la de los Bomberos de Madrid que cuentan con una OnG llamada

Bomberos unidos sin fronteras que hicieron una muy buena labor ayudando mucho en toda la gestión.

El Montaje independiente de Gema Tamayo y Salvador Ayora de un viaje para exiliados ucranianos

Gema Tamayo y Salvador Ayora son un matrimonio que estando un domingo en la sierra madrileña, se enteran de lo ocurrido en Ucrania el 24 de febrero de 2022. Y se preguntan a sí mismos ¿qué podemos hacer por ellos? A la mente de los dos llegan diversas respuestas: ¿por qué no cogemos un coche y vamos a ver lo que podemos hacer? ¿por qué no una furgoneta de nueve plazas? ¿no sería más adecuado un minibus? ¿Y por qué no mejor un autobús pagado por nosotros? Piensan, cambian impresiones, se animan a sí mismos. Al final toman la resolución. Vayamos a una empresa de autocares.

¡Qué capacidad de lanzamiento tiene aquella pareja! Se nota primero en la forma como conciben la idea y en la audacia en concretarla. Después en las instituciones y en las personas a las que piden asesoramiento y posible ayuda. Ninguna timidez, ninguna cobardía. Varios ayuntamientos madrileños de la Sierra Norte como San Sebastián de los Reyes y El Molar. La Cruz Roja, Cáritas. Pero al mismo tiempo también equilibrio y sentido común. Consultan a personas sabias y experimentadas. Así a una ucraniana que llevaba en España diez años y podía cumplir muy bien el papel de mediadora. Con personal entendido de Cruz Roja y de Cáritas. Con el Padre Ángel de Mensajeros de la Paz. Con Paula que se dedicaba a organizar un convoy para Ucrania de *"Policía Amigo"* asociación malagueña que solía montar viajes con víveres e instrumentos sanitarios a África.

No se podía perder ningún detalle para que la organización fuese perfecta. Los gastos del autocar tenían que llegar a los 12.000 euros. Había que asegurarse de que el autocar viniera a España lleno, de los hoteles, de los víveres para todo el viaje.

Por necesidades de organización tuvieron que cambiar Polonia por Moldavia poniendo la base de montaje en Chisinau, la capital de dicho Estado. Se unen a cinco furgonetas de la asociación *"Policía Amigo"*. A Salva y a Gema les fue muy bien que se realizara esta unión pues los policías de Málaga contaban con gran experiencia. En las furgonetas se cargó gran cantidad de material sanitario.

En el viaje de ida recorrieron durante dos días nada menos que siete países: España, Francia, Mónaco, Italia, Eslovenia, Hungría, Rumanía y Moldavia. En la frontera entre Moldavia y Ucrania se encontraron con otra dificultad. No se les quería dejar pasar. Tuvieron que pagar un plus de 900 euros. Problemas de ese estilo muy ligados a la corrupción afrontaron en diversas ocasiones. La nieve fue otra dificultad que la naturaleza ofreció al final. Las furgonetas resbalaban al querer seguir hacia adelante. Por último alcanzan Briceni, puesto fronterizo del destino final. Pueden internarse en Ucrania algo así como unos 200 metros. Descargan en cuatro camiones todo lo que llevaban de material sanitario. Se produce una espera acongojante. Al final consiguen que suba la gente: un amplio grupo de mujeres acompañadas de niños. Los pasajeros subían al autocar y a las furgonetas con miedo. Llegan a Chisinau, la capital de Moldavia a completar la recogida de pasajeros. En Chisinau se había organizado un Centro de Recogida de Ucranianos huidos. Tras una noche más de espera en la capital consiguen llenar el autobús y las furgonetas. Antes de salir compran víveres para el viaje a España.

En la marcha al destino final se sigue prácticamente el mismo itinerario que a la ida pero procurando evitar el recorrido más montañoso sustituyéndolo por otro más llano. Difícil fue el paso de la frontera de Rumanía en donde tuvieron que estar parados como unas ocho horas. Ya en España, Dasha, de la que hablamos en otro apartado, con su madre y hermano bajó en Zaragoza pues una familiar de ellas vivía y trabajaba en Lanaja. Gema y Salvador significaron para Dasha un apoyo extraordinario. Dasha siempre habla de ellos con profunda emoción y cariño. A Gema suele llamarle "mi mamá española".

Antes de llegar a Madrid la expedición recibió la visita del padre Ángel. Fue en un bar de carretera situado en la vía de servicio. Un espontáneo se encargó de pagar sin más, los gastos de todos.

El lugar de residencia de Gema y Salva es Madrid. Pero tuvieron que llevar a una muchacha a Santander y a una familia a Valencia de Alcántara.

Gema y Salva han seguido teniendo contacto con Dasha y familia. Les encontraron trabajo en el restaurante de un pueblo cercano a Buitrago. Dasha, con el dominio que tiene del inglés logró hacerse enseguida con la situación. Cuando al cabo de medio año Dasha necesitó pasar a un trabajo mejor lo hizo con sumo gusto con el consejo y de la mano de Gema y de los doctores dentistas con los que ella trabaja.

Tres meses de presencia permanente en la mismísima frontera: Susana Menéndez Otero

Susana Menéndez Otero marchó a la frontera polaco/ucraniana sin encomendarse ni a Dios ni al diablo. Nunca está mejor utilizada tan castiza expresión. Susana era funcionaria del Estado en el Tribunal de Cuentas autonómico de Galicia. Un lugar lejano a Madrid pero al que prestamos atención por la originalidad del caso. Tras treinta años de trabajo en una administración que sentía obsoleta y consideraba poco motivadora para su creatividad personal, llegó el momento de encontrarse cansada. Tuvo baja laboral por depresión. Y decidió liberarse de aquel mal psicológico marchándose a ejercitar su labor de entrega a un lugar escalofriante por los gravísimos problemas humanos que allí se acumulaban. Marcharse a la frontera de la guerra. Su marido accedió a que hiciera lo que quisiera sin poner objeción alguna. Estaba jubilado y cobrando la mínima pensión, quería acompañarla siempre.

Cuando sucede lo que hemos descrito Susana se acerca a los sesenta años. Siempre ha sido una persona muy intensa. Tiene un currículum brillantísimo. No en vano ha sido considerada una superdotada y la tendencia al perfeccionismo es una de sus características más acusadas. Su amor al estudio le hizo realizar tres carreras y cursar tres másters. Las carreras de Derecho, Turismo y Nutrición. Los másters de Derechos Humanos, Derecho Público Europeo y MBA, Master Business Administration, en el que obtuvo premio extraordinario. Todos ellos realizados y concluidos con calificaciones muy altas. Su autoexigente capacidad llevó a que la Guardia Civil le diera un premio: el premio de la austeridad.

Había que dar el salto. La guerra se había iniciado el 24 de febrero de 2022. Se ofrecieron a varias organizaciones pero no obtuvieron respuesta. Salieron por su cuenta en su auto caravana al empezar marzo y el día 11 ya estaban en la frontera. Los amigos les dieron cierto dinero, sin llegar siquiera a los cinco mil euros, que gastarían para montar un pequeño quirófano de campaña.

Llegaron a Przemysl y de allí se fueron al mismísimo puesto fronterizo situado en Medyka. Colocaron el auto caravana en el campamento instalado. Un francés les llevó al paso fronterizo. Una frontera de vallas junto a la que se situaban los voluntarios. Los ucranianos que huían eran muchísimos. Para cruzar a Polonia era necesario formar una cola que cada vez se hacía más larga. Ella intentaba comunicarse con los que salían. No sabían a dónde ir. Las necesidades que detectaban eran muy grandes. Y para conseguir soluciones utilizaba el móvil como instrumento de trabajo. De esa forma organizó la red de contactos: Ucrania, Polonia, Rusia, Francia, España, Inglaterra. Repartía alimentos colaborando con una organización: *Humanity First*, de origen paquistaní alemán. Contactó también con un grupo humanitario paquistaní. Ante ella, pasaban autobuses que, procedentes de pueblos ucranianos, llevaban a refugiados a Alemania. Quiso curar a una anciana de ochenta años y la pasó a un baño en donde encontró que tenía el hueso de una pierna totalmente al descubierto. De España le llegaban medicinas y alimentos solicitados. Con el dinero que recibía adquiría latas y comida envuelta en plástico. Un alcalde de Tenerife le enviaba material. A veces, le faltaba sitio para guardarlo. Utilizaba como despensa la parte que le cedían de dos camiones estropeados. Recogió a una familia en el auto caravana y la mandó a España. Con Ucrania establecía un constante entrar y salir. A veces iba a pie. A veces en ambulancia. Alguna vez con una camilla. Dio cobijo a un chico que tenía su novia en España. Pasó a Ucrania llevando a un cardiólogo vinculado a *Humanity First*.

No podemos seguir enumerando más y más hechos sin prestar atención a las estafas que presenciaba. Se las manifestaba con detalle al embajador. Otra cuestión era la del papeleo.

Detectaron un fraude. Un supuesto médico que no era tal ni tenía pasaporte. Ello originaba esperas enormes. Pero la decisión y la constancia de Susana siempre consiguieron superar las dificultades. Un grave problema con el que se encontró fue la presencia de un niño autista al que le preparó un viaje en coche a España mostrando a sus padres el recorrido. Les reservó sitio en los hoteles del camino. Una familia les acogió en España y otra les consiguió un apartamento.

Susana es una persona muy sensible. Vive los problemas y las angustias de los demás como muy propios. Frecuentemente muestra los sentimientos que tiene en la intimidad, con abrazos y lágrimas. Piensan en el retorno. Lo deciden. Meten en el auto caravana al chico del que antes hablamos. En España optan por Galicia, su tierra de origen. Coloca al chico en manos de una persona extraordinaria, Antonio, que lo tuvo en su casa durante al menos un año. No quiere ella volver a la obsoleta administración de antes. Cuando se le ha acabado la baja ha pedido licencia sin sueldo. Y pasan a Zurich en donde está su hijo menor. Encuentra un modesto trabajo que realiza con eficacia.

El Humanismo universal de una persona: Oana Sauciuc

Sí. Esa es la característica de Oana, mujer rumana asentada en España desde su juventud: conseguir objetivos profundos, universales. Teniendo 18 años de edad, vino a Madrid a hacer un curso de tres meses de arte dramático. La vida con la que se encuentra en la capital de España le resulta más agradable con la que tenía en Rumanía. Oana manifiesta que su mentalidad no encajaba con la propia de la sociedad rumana. Y decide quedarse aquí. Así se lo comunica a su madre. Y no vuelve.

Oana se encontró a sí misma con unas cualidades de empatía y de sensibilidad que le hacía volcarse a quien tenía problemas: por ser joven, por ser pobre, por ser inexperta, por ser dependiente, por ser miedosa. Era su manera de funcionar en la vida. Hasta que un día el problema que se le presentó fue mayor. En el año 2010 tiene lugar en Haití un terremoto de características descomunales. Sus efectos son pavorosos. Ella tiene 24 años y vive en un piso compartido. Recoge dinero vendiendo calendarios y con otros medios. Puede mandar tanta plata que con ella consiguen allí pagar una furgoneta.

Y sigue aquí ayudando a gente con las características descritas. Son principalmente africanos que se ganan la vida vendiendo en puestos ambulantes. Su desinteresada entrega es compensada con la amistad y el cariño. Cuando se produce una boda entre aquellas personas que habían llegado a formar su entorno, no deja de ser invitada. Resultado de la empatía con la que se define a sí misma.

En febrero del 2022 Rusia inicia la guerra contra Ucrania. En el trasfondo de tan grave acontecimiento bélico está lo que dijimos en los primeros capítulos. Ucrania abre las fronteras. Los ucranianos pueden salir libremente de su país. Sean ricos o sean pobres. Sean jóvenes o sean viejos. Las diferencias son otras. Para salir no se puede ser hombre en edad de trabajar y de poder luchar en el ejército. En los que salen hay también otra similitud importante: si son de zonas marcadas por los bombardeos o si son de lugares más tranquilos en donde las bombas no hayan aparecido todavía.

Oana está casada en Madrid y tiene dos hijas, Elizabeth de 14 años cuando empezó el conflicto y Shiva de 5. Vive en Pozuelo de Alarcón. Su marido es británico, originario de la antigua Guayana inglesa. Su nombre es: Sunil Gossai. Tres días después de iniciada la contienda, se pone en movimiento. Aparece aquí la extraordinaria maravilla de su relación matrimonial. Sunil acepta la posición tan entregada y tan audaz de su esposa. Está de acuerdo en que no lo piense más. Le da su dinero para que lo gaste en la aventura que inicia sin pensarlo demasiado. Pone sus ahorros para alquilar una furgoneta de diez plazas. El marido acepta quedarse en Pozuelo con las niñas mientras ella se decide a tomar rumbo hacia la frontera polaco / ucraniana. Un amigo de juventud, Roberto, español de León, haría de chófer. Corre la voz entre los vecinos: ¡que se van! Los chats hacen una importante labor. Antes de salir, atiborran la furgoneta de enseres. Todo aquello que juzgan necesario como utilidad para refugiados.

La casa a la que se han trasladado a vivir en Pozuelo es grande lo que les ayuda a guardar y ordenar las cosas. Entre lo que se acumula hay objetos de mucha calidad.

El inesperado encuentro con siete refugiados.

Yendo de camino en la furgoneta salida de España Oana y Roberto se enteran por medio del chat de que en Varsovia hay ocho refugiados que están a la espera de ser recogidos. Se hallan en casa de unos polacos muy generosos. Hay tres mamás y cuatro hijos. Establecen contacto con ellos. Las tres adultas son profesoras. Dos de ellas son hermanas. La otra, amiga. Entre los cuatro niños, dos son hermanos y los otro dos, primos. Están entre los cinco y los once años. Para la comunicación utilizan traductor. Una se llama Irina. El primer encuentro genera una intensa emoción. Las lágrimas son la mejor muestra de ello. Los refugiados se encuentran presos del miedo y de la desconfianza. Tienen conocimiento de que los engaños son harto frecuentes. Los llegados de España entregan el material a los polacos y ellos se encargan de repartirlo a los ucranianos que se encontraban en la calle. Todavía no se habían creado campos de refugiados.

El viaje a España en furgoneta los hacen albergándose en hoteles. Oana paga los gastos de su bolsillo. No quieren apresurarse demasiado en el traslado para que no se genere demasiado cansancio y más tensión de la cuenta. Tardaron cinco días. El humanismo de Oana se concreta en una mezcla de dificultad y de agrado.

Cuando llegaron a Pozuelo infinidad de vecinos y allegados se juntaron en la calle frente a la vivienda de Oana para recibirles y aplaudirles. ¡Qué gente tan maravillosa! nos exclama Oana que nos da rasgos también de los recién llegados como ucranianos llenos de patriotismo y de admiración por su país. Los siete se quedaron en su casa un par de días. Luego hubo quien fue trasladado a un pueblo de Castilla y León. Los hijos y los sobrinos de Irina se fueron a un pueblo de Teruel en donde el alcalde les encontró una casa para vivir ellos solos.

La eficaz y cariñosa acogida fue recogida en la televisión y comentada en los chats. Ello hizo que Oana recibiera muchísimos contactos y llamadas. Se creó así en torno a ella una rueda de relaciones amplísima caracterizada por un eficaz humanismo.

Una persona llamada Julia

El segundo caso del que vamos a hablar en relación con Oana es el de Julia. Julia es una Joven de 22 años que tiene una hija de cuatro años. Julia era una persona llegada a España con mucho estrés. Se puso en contacto con diversas asociaciones hasta que encontró a Oana. Oana hizo con ella de enlace que la relacionó con varias familias. La colocó con una familia con la que estuvo solamente dos días. Tuvo necesidad de trasladarla a otra familia con la que estuvo tres semanas. Tampoco aquí funcionó la relación. Julia era problemática. Pensaba que España era un país en donde los perros se atan con longanizas. Esperaba recibir demasiado y esa esperanza no se cubrió.

Oana logró para Julia un tercer traslado. La llevó a Rivas Vaciamadrid. Estuvo allí mes y medio. La familia se quejaba de su pereza y de su falta de limpieza.

Hubo también otras personas que se volcaron mucho en ella. Pero a pesar de ello Julia decidió volver a su país. Estuvo en España como unos cuatro meses. Una vez en Ucrania y por medio de Oana recibe unos donativos necesarios: un calentador, mantas y cien euros mensuales ingresados en su cuenta.

Las Cuarenta personas

Como tercer caso de las experiencias atendidas por Oana en su viaje, podríamos hacer referencia a un grupo de unas cuarenta personas. Estaban en el campo de refugiados de Varsovia. Vinieron a España todas ellas en un avión.

Aquí debemos mencionar a dos amigas que le sirvieron a Oana de gran ayuda. Sus nombres eran Jésica y Amparo. Jésica es catalana, de Lleida. Amparo de Valencia. Las tres viven en Pozuelo. En todo el proceso formaron un equipo de tres. Se han solido llamar a sí mismas, los ángeles de Charly. Ayudaron a más de 250 familias ucranianas. Viajes en tren de Ucrania a Polonia, alojamiento en Polonia, coches humanitarios, autobuses humanitarios, comida, vivienda, trabajo, clases de español. Y hay que hablar de las compañías aéreas que realizaban vuelos humanitarios. Los pagos eran hechos por empresarios, con frecuencia grandes empresarios como los de una Fundación que era llamada por los beneficiados como la del cocinero Andrés.

El Viaje desde Torrelodones

Los torrelodonenses que formaron el Club 72, decidieron hacer un viaje a Ucrania y llevar donativos (instrumentos médicos, equipos ortopédicos, medicamentos). Se hicieron con un camión que compraron por poco dinero a su propietario de Toledo y una furgoneta entregada por Fernando. Camión y furgoneta que formaban parte de los regalos que querían hacer al orfanato al que pensaban ayudar.

Apoyados en sus generosas ilusiones prepararon el viaje. Paco, como experto en la materia, fue el decisivo organizador. Intentaron que el ayuntamiento se encargara de la responsabilidad civil y que fueran las autoridades las que dieran oficialidad a la generosidad espontánea de los vecinos. Para obtenerla Juan Carlos y Patricio visitaron primero al alcalde Alfredo García Plata y después a la alcaldesa Almudena Negro muy volcada a la causa ucraniana pues llegó a albergar a una desplazada en su propio domicilio.

El viaje fue realizado por seis personas. Tres en el camión y tres en la furgoneta. Un comisario de la policía local de Tres Cantos, Patricio, guardia civil, Fernando del taller de coches, Paco agente de viajes, Ignacio, camionero de Villalba, Juan Carlos Narro. Ambos vehículos iban llenos hasta los topes. No quisieron admitir un exceso de ropa que tenían. El camión salió primero encontrándose ambos vehículos en la frontera francesa. Tras pasar una noche en Alemania, el día 28 de marzo estaban en Cracovia. Un viaje bastante pesado pues la velocidad no podía pasar de 90 kilómetros hora. La última etapa fue de Cracovia a la frontera. Frontera polaco ucraniana que costó mucho pasar por la larga fila de coches y las exigencias de la inspección. Para que los aduaneros agilizaran el control burocrático les regalaban dulces, jamón serrano y botellas de vino de cierta calidad. En Cracovia alquilaron un coche para realizar el regreso desde Ucrania y coger el avión de vuelta a Madrid. Eran entonces tres vehículos. Un viaje en total de tres días y dos noches hasta que llegaron al pueblo a cinco kilómetros de la frontera en donde les esperaba Mikola Makariuk. La separación de 300 metros, de las dos fronteras, polaca y ucraniana tuvieron que realizarla andando. Se cruzaban con ucranianos que volvían a su país decididos a entregarse a la guerra. Eran voluntarios ya reclutados. Nuestros torrelodonenses querían ver a los niños objeto de sus donativos.

La relación generosa de dichos ciudadanos de Torrelodones continúa. En el mes de marzo han regalado al orfanato al que nos referimos una ambulancia. Fue comprada de segunda mano y revisada exhaustivamente en el taller de los hermanos González. El día 19 llegó a su destino conducida por Eduardo Gras.

Los Viajes en avión. Primer Vuelo

Para el traslado a España de ucranianos refugiados de guerra, Nadiya organizó dos viajes de avión. El primero de ellos, que aterrizó en el aeropuerto de El Prat a la media noche del día 19 de marzo de 2022, fue un viaje de la compañía Vueling patrocinado por el mecenazgo del equipo de fútbol Unión Deportiva Huesca. La organización fue de mucha calidad pues trajo de Ucrania a 111 mujeres, 88 niños, 14 hombres y 13 mascotas. Hubo personas de apoyo que llegaron de España en líneas regulares.

Para el tiempo de espera hubo que comprar a Burger King y a Mac Donalds, 220 menús. Los organizadores llevaban a los próximos pasajeros en grupos de cincuenta. La línea Plus Ultra pagó todo lo necesario para el catering.

El aeropuerto de Varsovia prestó mucha atención a los refugiados. Puso para ellos zonas gratuitas de afiliación, de catering, de juegos. Una psicóloga infantil española, Blanca, se encargaba de los niños durante las esperas que a veces eran muy largas. La dirección del aeropuerto felicitó a los españoles de Nadiya por su labor.

Hubo que solicitar un avión más grande. A pesar de ello hubo momentos de miedo a que el avión no se llenara. A veces había gente apuntada que no se presentaba. Cuando había bombardeos nadie cruzaba la frontera, no había movimiento pero el avión no podía esperar. El 321 se llenó. Hubo algunos sin embargo que quisieron entrar y no pudieron. El embajador y el cónsul españoles actuaron extraordinariamente bien. A veces tuvieron que tomar decisiones críticas.

El desembarco en Barcelona fue lento. Algunos de los pasajeros venían con covid. Todos acusaban el cansancio de haber estado esperando más de doce horas la salida del avión en Varsovia. La tristeza era también un sentimiento que afloraba en sus caras. No traían maletas. Solo bolsas con cuatro cosas esenciales.

Para cubrir las necesidades más esenciales hubo que acudir a quien fuera. A Victoria le pasó por la cabeza solicitar ayuda a grandes firmas como Coca Cola y Heinecken. Un ex directivo ya jubilado de la empresa Coca Cola, Teo Dueñas, ayudó mucho en el aeropuerto de Madrid antes de la salida del avión. Aportó agua, refrescos, zumos. La misma Victoria, sirviéndose de la furgoneta de su catering, recogió las bebidas. En el aeropuerto de Barcelona la bebida la proporcionó Heinecken. La persona que actuó de enlace fue Edelio, director de recursos humanos, poniendo incluso dinero de su propio bolsillo.

A la espera estaban tres miembros de Nadiya: Beatriz, Victoria y Juan llegado de Gandía. Los tres se encargaron de revisar las documentaciones y tomar los datos pertinentes de identificación y resolución de objetivos. Varias representaciones institucionales les apoyaban. El Delegado del Gobierno en Barcelona, dirigentes de Aena y miembros de la Cruz Roja. Algo más de la mitad de la expedición fue acompañada a cuatro autobuses que partieron para Madrid, Cádiz y Galicia.

Las veinte familias que tenían que pasar la noche en Barcelona fueron llevadas en nueve grandes taxis al hotel. Fue el hotel Diagonal Port en donde pasaron una noche 24 adultos y 10 niños. Salieron al día siguiente hacia sus destinos. Beatriz, Victoria y Juan se fueron a dormir a las cinco de la mañana del día 20 en que los ucranianos refugiados fueron recogidos en autobuses. Salieron para Galicia, Asturias, Segovia y Comunidad Valenciana. El día 21 todos los llegados estaban ya en su destino.

Sin embargo, tras aterrizar en Barcelona algunos que tenían destino a Madrid prefirieron quedarse en la Ciudad condal. Vieron ventajas y cuestión de gustos. La contemplación del mar les fascinó. La organización tuvo que tener en cuenta esta clase de novedades inesperadas.

El empeño profesional de Nadiya contó con la colaboración de la Ong Tu Akogida y la gente transportada fue enviada a varios destinos que antes mencionamos y que fueron 13 ciudades españolas. Funcionó un dispositivo de instituciones del aterrizaje 50 personas. Los medios complementarios que se necesitaron para la completa realización del objetivo, 4 furgonetas fueron obtenidas por el mecenazgo, los 4 autobuses, dos propios y dos de mecenazgo. Y varios hoteles (mecenazgo

Hotelbeds) albergaron a los transportados en los momentos en que el traslado lo necesitaba.

Segundo Vuelo

El segundo vuelo en avión se realizó también con la compañía Vueling que ofreció parcialmente cierto mecenazgo. La mitad del precio del viaje fue pagada por el torero Cayetano Rivera que recogió también dinero de sus amigos profesionales. Llevaba asesor legal y dos guardaespaldas. Solo quiso pagar la mitad porque dijo que quedaron 15 plazas sin ocupar. El resto corrió a cargo de Nadiya. El avión salió para Madrid el día 24 de marzo. Belén Polanco voló desde Madrid. En Madrid le esperaban la Cruz Roja, el Embajador de Ucrania, la Guardia Civil.

Beatriz Prieto, Carolina Rodríguez, Victoria Maseda, Karen Zonnervylle y Juan Galán esperaron a la expedición en el aeropuerto de Barajas. El número de pasajeros ascendió a 189 de ellos, 51 niños. Entre los miembros de la expedición hubo dos embarazadas y un herido de guerra. El número de ciudades a los que fueron destinados llegó a diez. Una parte de las mamás y de los niños llegados salieron con destino a Galicia, en concreto a Pontevedra, en donde una organización civil/religiosa había preparado tanto puestos de trabajo como puestos escolares. Funcionó también un dispositivo de instituciones de aterrizaje 50 personas. Algunos que no tenían claro el destino quedaron en manos del Samur Social. Las familias que venían con algún perro o algún gato, no pudieron hospedarse en hoteles por la negativa de dichos centros a admitir animales. Es de destacar el hecho de que la cooperante de Nadiya, Karen se llevara a su casa a una familia formada por una madre y un hijo que tenían gato y no pudieron ocupar plaza de hotel. Al día siguiente les llevó a la estación pagándoles el billete para ir a Valencia.

Un empresario de gasolineras, el marido de Karen, pagó las comidas necesarias a partir del desembarco del avión. A las cinco de la madrugada del día 26 de marzo los pasajeros llegado de Ucrania estaban ya en Madrid.

Los otros instrumentos de cooperación necesarios para culminar con éxito el viaje fueron 4 furgonetas que se obtuvieron por mecenazgo, 4 autobuses debidos a la Comunidad Autónoma de Madrid. Y diversos hoteles por mecenazgo de Hotelbeds.

Cinco furgonetas, patrocinio de Dani Martín, llevaron pasajeros a Fuenlabrada y Getafe y el autobús de la Comunidad de Madrid se dirigió a Pozuelo en donde se había organizado de forma ejemplar un centro de atención.

En todas estas operaciones hay que destacar la colaboración de la Ong Madrina. Su presidente Conrado, aunque era mayor, se entregó a su labor, de una manera muy ejemplar. Llevó voluntarios y estuvo al pie del cañón más de un mes.

Otros aviones

Hubo otras entidades que ejercieron labor parecida a la de Nadiya en cuestión del flete de aviones. Así el Banco de Santander y el ejército. El avión puesto por el ejército trasladó a un grupo de huérfanos acompañados de sus familiares.

LA ACCIÓN DEL ESTADO.

CAPÍTULO IV

La Acción del Estado

La llegada de prófugos políticos, grupos masivos de inmigrantes que buscan sobrevivir desplazados por causa de una guerra, hace que el Estado quiera intervenir de una manera eficaz en favor de la justicia y del orden. No en vano el gobierno tiene un ministerio llamado Ministerio de Inclusión, Seguridad Social y Migraciones.

La intervención estatal tuvo que ocurrir por lo tanto, con la llegada a España de muchos miles de ucranianos huidos de la invasión rusa provocada por Putin el día 24 de febrero de 2022. Expongamos cuáles son las instituciones del gobierno o en las que el gobierno está presente y cuál fue su quehacer. Se nos ocurre hablar de Accem, del Creade, de CEAR y de la Cruz Roja.

A) -. ACCEM

Accem es una asociación nacida en el marco de la Conferencia Episcopal Española. Apareció en el año 1951 cuando en dicha Conferencia se creó el Departamento de Inmigración. Al nacer esta organización eran muchos miles los europeos que buscaban refugio tras la conclusión de la II Guerra Mundial. Los documentos internacionales sobre los que se basaba la acción de Accem eran estos dos: 1º) -. La Convención de Ginebra de 1951 sobre el Estatuto de los Refugiados (marco de las Naciones Unidas) y 2º) -. El Protocolo sobre el Estatuto de los Refugiados.

Acudiendo al caso español es necesario destacar que la Constitución Española de 1978 incorporó entre los derechos fundamentales reconocidos el derecho de asilo. Inmediatamente después, es decir, en la década de los 80, España comienza a ser un país receptor de emigrantes principalmente ilegales. Muchos de ellos vinieron de las dictaduras militares de Sudamérica como por ejemplo Argentina, Chile y Uruguay. Con la democracia, el desarrollo económico y el ingreso en la Comunidad Económica Europea, España se encuentra que pasa a convertirse de un país de emigración en un país de inmigración.

En el año 1090 Accem da un fuerte giro. Se constituye en Asociación sin Ánimo de Lucro. Accem deja de ser un acrónimo y se considera un nombre propio. Es una entidad aconfesional y apolítica.

Algo más adelante se creó la *Red de Centros de Acogida a los Refugiados*. Se inicia una forma de gestionar de forma mixta entre la administración pública y Accem. Al igual de lo que ocurría con CEAR y con Cruz Roja. Acabo de citar las tres organizaciones predominantes en los menesteres que nos ocupan de servicio a los inmigrantes.

Los sucesos internacionales abren un camino inesperado de necesidad y exigencia. A partir de 1993 llegan cantidad de refugiados bosnios. España acogió a 1378. Unos años más tarde son los de Kosovo los que viene. Y desde 2005 se multiplican los provenientes de África a través de Marruecos: Ceuta, Melilla y Canarias. Después de 2010 llegan exiliados generados por los conflictos de Libia, Siria, Somalia, Irak, Afganistán y Eritrea.

Accem es una entidad aconfesional y apartidista. Trabaja en favor de la igualdad de de derechos, deberes y oportunidades de todos los inmigrantes y refugiados. Es una OnG declarada de utilidad pública y adscrita a la ley 49/2002 de Incentivos Fiscales de Mecenazgo.

Su domicilio está en Madrid, en la calle Magallanes n° 3, plantas 6 y 8. Se trata de una sede moderna, espaciosa, atractiva. Cuando al visitante se le abren las puertas de la misma, tiene la sensación de estar envuelto por un prestigio muy digno de admiración. Y cuando se va adentrando en los variados entresijos de las dependencias, cae en la cuenta de que todo lo que allí se realiza está muy bien pensado, que no hay nada dejado a la improvisación. La planificación es verdaderamente completa y está diseñada con sumo esmero.

En el año 2020 prestó servicios directos a más de 32.000 personas. Gestionó más de 3.000 plazas de acogida y desarrolló 189 programas de acción directa.

Atención y acogida a las personas refugiadas en la Guerra de Ucrania.
Cuando Accem afronta la llegada de los huidos por causa de la guerra de Ucrania, tiene bastante experiencia en atención a desplazados y refugiados. Dicha experiencia se volcó en prestar auxilio y ayuda.

En la acogida que se realiza al exiliado existen tres fases:

1ª) -. Evaluación inicial y derivación.

2ª) -. Acogida temporal.

3ª) -. Autonomía.

Demos algunos datos referidos a la primera fase:

En un par de años (febrero del 2022 a enero de 2024) se atendió a 35.050 personas procedentes de Ucrania. En el primer año la atención primeriza llegó a 29.056 personas de las que el 34% fueron menores de 18 años. El segundo año, es decir, el 2023, la atención llegó a 9.500 personas, un 67% menos. De todas ellas las mujeres representaron el 63% de todas las personas apoyadas como consecuencia del conflicto.

Es en el momento inicial en donde surge *Emergencia Ucrania* como dispositivo específico que tiene por finalidad proporcionar una respuesta humanitaria y de calidad a las personas refugiadas. Accem gestionó 3.409 plazas de acogida. Extendió su labor a once Comunidades Autónomas. En la Comunidad de Madrid se ofertaron 400 plazas. Esas 400 plazas se abrieron en CREADE de Pozuelo de Alarcón. Al asilo se unió la atención directa, la información, la orientación y la atención psicológica. En el primer mes de funcionamiento se prestó atención a 6.000 personas.

Si aportamos datos más concretos, debemos decir que en esta primera fase de evaluación inicial se gestionaron 1215 plazas. Por una parte, en el centro CREADE de Pozuelo. Y por otra, de forma más dispersa, en hoteles, hostales y pensiones. Es la fase de información y orientación. Normalmente se hace por medio de una entrevista con el trabajador o la trabajadora social. Se suele dar atención jurídica, social y psicológica. Con frecuencia el choque emocional que se constata es muy intenso.

No olvidemos que en Ucrania hay un conflicto armado invisible generado a partir del año 2014. Desde entonces han muerto más de 10.000 personas y los refugiados son 6 millones.

En la segunda fase tiene lugar la acogida temporal. El 4 de marzo de 2022, por primera vez desde se aprobación en 2001 los países miembros de la Unión Europea activaron la Directiva de Protección Temporal. De acuerdo con ella, las personas desplazadas pueden visitar, estudiar o trabajar legalmente en España, por un año prorrogable.

La tercera fase es la de la autonomía.

Se responde a los problemas y a las dificultades con voluntad política. Se montan respuestas eficientes y rápidas. Por parte de los funcionarios del Ministerio de Inclusión, Seguridad Social y Migraciones. Por parte de Accem, institución acostumbrada al día a día. Con una Policía Nacional capaz de ser movilizada con notable rapidez, frecuentemente en menos de 24 horas. A principios de marzo de 2022, toda la infraestructura acabada de mencionar se puso en marcha.

Primera fase: Dar respuesta con celeridad. Contar con las personas adecuadas capaces de hacer frente. Es lo que marcó el precedente. Se pusieron por delante los derechos de las personas. Había que hacer un estudio de tales derechos y de cómo afrontar los distintos aspectos. Examinar los distintos tipos de asistencia. A saber:

1º) -. Atención psicológica a cargo de Accem.

2º)-. Atención social a cargo también de Accem.

3º) -. Atención sanitaria en relación con las distintas Comunidades Autónomas. Se montó una coordinación muy buena en relación con los centros de salud de dichas Comunidades Autónomas.

Para cubrir de forma totalmente global el conjunto de las necesidades primarias, el Ministerio de Inclusión creó el CREADE estableciendo centros en varios punto de España. En principio el Creade se montó para los ucranianos. Luego se abrió a otras nacionalidades. Lo primero que hacía dicho centro era poner en regla los papeles. Luego se ofrecían los servicios esenciales tales como pernoctaciones, comidas y otras necesidades. El plazo máximo que en un principio se concedía a los llegados eran unas horas.

Luego se pasaba a seguir con los inmigrados una segunda fase. Para la segunda fase se consideraba que bastaban 18 meses. Lo normal era que en 18 meses se concluyera el proceso y los que un día llegaron indefensos a España estuvieran capacitados para operar como autónomos. Habían prendido suficientemente el idioma, culminado la formación de taller profesional, ser capaces de desempeñar un empleo.

Por medio de Accem se ofrecían: En primer lugar, trabajadores sociales. Había en todas las provincias. Cada trabajador social hace un seguimiento de cada uno de los casos que se le ha asignado. Accem es una institución muy grande. Cuenta con unos 3.500 trabajadores sociales. Es la segunda o la tercera Ong de España. Ha ido creciendo mucho a través del tiempo.

En segundo lugar, psicólogos. Hay algo parecido en todos los centros. El refugiado que llega a España y desea integrarse en la sociedad española necesita tener una buena salud mental para poder desenvolverse adecuadamente en la vida.

Además de los centros de los que hemos hablado había otros centros al margen de los Creade que aportaban soluciones a los problemas. Eran centros de protección más pequeños, por ejemplo de Emergencia. Eran muy útiles para los que llegaban a las costas. Así por ejemplo el existente en Tenerife.

Tercera fase: los llegados tienen ya autonomía para buscarse la vida en sociedad. Mucha influencia tienen en ello los contactos de tales personas.

B) -. CREADE

El Ministerio de Inclusión es el propietario de los Creade (Centro de Recepción, Asistencia y Derivación). Existen en España cuatro centros: Madrid, Barcelona, Torrevieja y Málaga. Se fundaron para que los inmigrados ucranianos pudieran solicitar información, documentación, asistencia provisional (tres o cuatro días), y búsqueda de alojamiento permanente. Un pequeño hotelito desde el que pasaban a las familias. Algunos llegaron a formar una residencia colectiva. La persona que les recibía les conducía a la búsqueda de albergue y de trabajo. Tras la nacionalidad ucraniana, las que más miembros tenían eran la de Afghanistan y la egipcia.

El Creade de Madrid se encuentra en Pozuelo de Alarcón, al otro lado de la Casa de Campo. Cuenta con unas 400 camas, distribuidas en habitaciones individuales, de dos camas, de tres, de cuatro e incluso de cinco. La planta que tiene menos habitaciones es la primera. Como unas cincuenta. Hay cocina que prepara todas las comidas que los españoles acostumbramos a hacer todos los días, desde el desayuno a la cena sin dejar la merienda.

Es el ministerio el que trae los inmigrados al centro. Y el Creade cubre la fase cero: acogida y recepción. De ahí pasan a familias o a otros centros. Se aborda que los acogidos allí obtengan la documentación legal pertinente. Sin ella no pueden seguir adelante. Hay servicios de enfermería, de consultoría jurídica, de trabajo social. Hay talleres de inserción socio laboral, actividades para pequeños como por ejemplo, pintura.

Y por supuesto, un taller de español. Los que residen allí, en el breve tiempo que se les designa, manifiestan encontrarse a gusto. Si hay quejas no es por carencias. Más bien por las normas que están obligados a cumplir.

C) -. CEAR

Son las siglas de la Comisión Española de Ayuda al Refugiado. Se trata de una OnG española fundada en 1979 que tiene como objetivo defender los derechos de las personas refugiadas que necesitan protección internacional o se encuentran en riesgo de exclusión social.

Trabaja en: acogida; inclusión social; atención psicológica; defensa jurídica; defensa de vulneraciones de derechos de las personas refugiadas. La Organización cuenta con 1727 plazas para la acogida en siete Comunidades Autónomas.

Participó en la primera Ley de Asilo de España de 1984.

Creó los Centros de Acogida Temporal (llamados luego Centros de Migraciones). De todos estos Centros, el mayor de ellos se encuentra en Getafe. Ha tenido numerosos reconocimientos y premios y ha sido muy valorada por ACNUR. Las decisiones son tomadas por la Asamblea General.

La Organización cuenta hoy con más de mil personas trabajadoras, con 900 personas voluntarias y más de 70.000 participantes.

D) -. CRUZ ROJA

En varios apartados de este libro hemos hecho referencia a que los necesitados ucranianos llegados de su país acudían a la Cruz Roja. O que si durante su permanencia en España tropezaban con alguna dificultad, acudían a solucionarla a la Cruz Roja. La Cruz Roja es una entidad preparada para ofrecer soluciones rápidas. O soluciones hospitalarias. No cuenta con albergues permanentes de acogida sino que los envía a otras instituciones para que el recibimiento de cierta permanencia se produzca.

LA ACCIÓN ACOGEDORA DE LAS FAMILIAS MADRILEÑAS

CAPÍTULO V

La Acción acogedora de las Familias madrileñas

La Entrañable cordialidad de Elena Suárez

Cuando comenzó la guerra de Ucrania, Elena Suárez vivía con su hija Aitana, de nueve años y medio, en su casa de Pozuelo de Alarcón (Madrid). Al ir sabiendo que la situación bélica originaba una serie de refugiados necesitados de cobijo y apoyo, pensó en ofrecer su casa, su compañía y su experiencia, a alguna familia desprotegida por la guerra.

Enterada por medio de la televisión quiso manifestar tan pronto como pudo sus deseos de entrega. Así lo hizo dirigiéndose a varias asociaciones de las que no obtuvo respuesta. Hasta que una convecina del municipio llamada Oana, le habló de la existencia de una familia de refugiados en los que se podría volcar. Dicha familia constaba de un matrimonio, una hija y un hijo. La guerra hizo que el matrimonio tuviera que dividirse quedándose el marido en Ucrania destinado a la reparación de ambulancias y la madre, la hija y el hijo, cruzando la frontera. La madre se llamaba Olena y tenía 50 años. La hija mayor, de 24 años, tenía por nombre Jesenia y el hijo de 14 era conocido por Iván. Hasta entonces habían vivido en Zaporiya, lugar conocido por la existencia de una central nuclear. Como las bombas explotaban al lado de su casa, tuvieron que salir con lo puesto. Dos bolsas guardaban el reducidísimo equipaje donde se encontraban también los pasaportes. En furgoneta y en tren salvaron la distancia que les separaba de Barcelona. Como la gente cuando recibe a los refugiados tiene una desmesurada preferencia por aceptar niños y jóvenes, la familia descrita no tuvo que esperar a que alguien les hiciera suyos. Y fue Elena, la mujer de Pozuelo, la que dijo: ésta será mi familia.

Los padres de Elena tenían su residencia junto a ella y miraban complacidos la entrañable aventura en la que su hija se había metido. El padre la acompañó a Atocha a recibirles en la estación del AVE. Allí la nueva madre no dejaba de derramar lagrimas por la emoción que le producía el encuentro. Un encuentro que iba a ser largo. Desde el 29 de marzo de 2022 hasta el 17 de agosto de 2024, es decir, dos años y medio. Cuando Elena se refiere a su profundo sentimiento, no deja de decir que en la madre ucraniana percibía miedo. La incertidumbre que les producía su nueva vida y la de sus hijos en un ambiente desconocido. Un ambiente que se fue construyendo con valiosísimas aportaciones mutuas. En el primer año y medio, lo que costaba dinero, era puesto en su totalidad por la parte española de la familia. Los forasteros se encargaban de la limpieza de la cocina dejándola siempre, después de ser utilizada, impoluta y reluciente. También se esmeraron en cuidar a la perra, una pastora alemana que los ucranianos sacaban todos los días a pasear, cosa que a Elena no le gustaba hacer. La aportación económica de los ucranianos se inició en septiembre del 2023 cuando Jesenia inició su trabajo.

Una costumbre grata especialmente para las dos madres era ir juntas a la compra. La elección de los productos mostraba, sin embargo, las diferencias. La familia ucraniana rechazaba la carne, el pescado y los huevos. Tomaban por el contrario mucha leche y abundante queso, verduras y fruta.

Normalmente, españoles y huéspedes, comían y cenaban juntos aunque a veces los horarios dificultaban el encuentro en el comedor. Ellos se levantaban muy temprano, a las seis de la mañana. El desayuno que tomaban era fuerte. Y la cena, que tenía lugar a las siete de la tarde, también. Entre las dos comidas, lo que podría llamarse lunch era como un picoteo esparcido a través de las horas. La madre ucraniana hacía la comida para los suyos pero siempre la ofrecía a las dos mujeres españolas de la casa, madre e hija. El Banco de Alimentos significó para los exiliados un gran apoyo pues con la tarjeta podían recibir gratuitamente acopio de manjares dos veces por semana.

Para la limpieza de la casa, Elena tenía una chica un día a la semana. Ellos lavaban y planchaban su ropa. Tenían una nevera en la habitación. Así como tras cocinar dejaban la cocina muy limpia, no ocurría lo mismo con el salón. En ese aspecto eran un poco dejadillos. Cuando se marcharon dejaron mal guardada en los armarios cierta ropa poco útil. En algunas cosas fueron un poco despistados.

Elena llevó a Iván al colegio de Pozuelo, Príncipes de Asturias. Las notas de Iván siempre fueron altas llegando a instalarse en las calificaciones eminentes.

La madre y la hija iban a recibir clases de español primero en el centro CEPA de Pozuelo y luego en Las Rozas. Olena estudiaba muchísimo. Le costaba pasar del cirílico al latino pero acababa triunfando. Jesenia que había iniciado sus estudios de Medicina en Ucrania se apuntaba a seguir con las asignaturas de forma *on line* y en cierta ocasión cogió el avión para ir a dar algún examen de su especialidad (septiembre 2023).

El chico tenía mucha afición a la música. Tocaba el saxo y también la guitarra tras haberse comprado una que luego fue eléctrica. Los vecinos con frecuencia se quejaban del ruido. Pensó en adquirir una batería pero fue disuadido en razón de la paz vecinal.

La atención a la salud era algo fundamental que había que cuidar. Iván tocaba mucho el saxo afirmando que era necesario hacerlo para cultivar la fuerza de su respiración afectada por una dolencia.

A la madre hubo que darle antibióticos pues tenía problemas respiratorios y se fatigaba mucho. Jesenia sufría cierto dolor en la rodilla. Por ello era tratada médicamente pero sin que se le notase mucho la mejoría por la que optaba.

Empeñada en buscar un trabajo retribuido, Olena consiguió ser limpiadora pública de calles. Barría la zona que se le asignaba los fines de semana y los festivos. Por ello recibía la cantidad de 700 euros mensuales. Jesenia encontró trabajo en una clínica de estética cuyos clientes eran primordialmente ucranianos. Ganaba como unos 1.200 euros al mes. Cada una de las dos exiliadas entregaba a Elena como colaboración a los gastos comunes 200 euros mensuales. Con el paso del tiempo ha seguido manteniendo el mismo trabajo. De esa forma vive y trabaja con ucranianos. Ello dificulta la mejora de su español. Mantiene, además, su pareja en Ucrania.

El marido desde Ucrania les enviaba y envía también algo de dinero. En una ocasión hizo una escapada a Madrid desde su país para visitarles. Todo el viaje lo hizo en autobús y estuvo con su familia cuatro días.

A lo largo de estas páginas hemos hecho referencia a la honda emoción que sintió la familia española recibiendo a la ucraniana. Una vez aposentados en la casa, Aitana, la niña de casi diez años, se llevaba muy bien con Iván, de catorce. Ayudaba a ello que el chico fuera un tanto mayor. Con el paso del tiempo, sin embargo, la cercanía inicial se fue convirtiendo en distancia. Al final hubo más bien alejamiento entre los dos. El chico era más bien tímido. Se echó una novieta ucraniana, de nombre Sonia, que la madre Elena califica de majísima. A los españoles ¿les resultaban fríos los ucranianos? Al parecer, sí. Los hechos lo confirman. El día 17 de agosto de 2024 Olena e Iván se fueron a Santander en donde actualmente se hallan residiendo. ¿Cómo fue la despedida? Con respecto a los padres de Elena, siempre atentísimos y cariñosos, vecinos de la casa, la despedida fue no despedirse. Ni siquiera se les ocurrió decirles adiós. ¡Cuánto sintieron la indiferencia los abuelos españoles! En ocasiones como ésta los ucranianos se mostraron terriblemente fríos.

En la capital cántabra, la madre y el hijo ucranianos tienen una habitación alquilada en un antiguo hostal que se cerró. Con la familia española se comunican por chat. Elena, la madre española dice altamente convencida: "Tengo una familia ucraniana para siempre". Y añade: "Y ellos tienen también una familia española para siempre".

La Familia de Miguel Barrionuevo

La experiencia de Miguel Barrionuevo en la acogida a prófugos venidos a Madrid desde Ucrania a principios de la guerra, hay que situarla entre las que destacan por su excelente hacer y su generosa y eficaz entrega. Examinemos el caso y sigamos su discurrir con atención hasta que terminó.

Miguel, varón no casado, vive con su madre, de origen alemán, en un chalet de Los Molinos en la sierra de Madrid. El día 24 de febrero del 2022 se enteran por la televisión de que Rusia ha empezado a invadir Ucrania y a bombardear tanto objetivos militares como ciudades ocupadas por civiles. Piensan inmediatamente en las consecuencias. Una de ellas la formación de prófugos y la salida de varios millones de personas del país.

En la familia de las dos personas que acabo de mencionar hay sobre dicha cuestión una importante experiencia histórica. La de la madre de Miguel. Nacida en el año 1941 fue de muy pequeña desplazada con toda su familia de la parte alemana que a Polonia le asignaron en compensación de la quitada en el este tras la Segunda Guerra Mundial. Aunque la niña fuera muy pequeña cuando sucedió lo acaecido, le quedó muy marcado el destierro por influjo familiar.

La hermana de Miguel conoce a Oana a la que le dedicamos la parte de un capítulo en este libro. Oana está buscando gente que acoja en su propia casa a una familia de refugiados salidos de Ucrania. ¿De qué familia se trata? De una señora llamada Iulia de unos 30 años. De su madre de unos sesenta años, por nombre Olga. Se halla físicamente discapacitada y tiene que ir en silla de ruedas. Sufre también problemas mentales. El hijo de Iulia es un niño de ocho años. El cuarto elemento familiar es el perro.

En el chalet de Los Molinos, hijo y madre consideran la situación. Y dicen que sí. Cuentan con varias habitaciones. Tienen jardín. Hay también perros. Solo queda dar el último paso: ir al aeropuerto a recogerles.

En el aeropuerto, sin embargo, no les encuentran. Se habían ido a un hotel cercano y allí es donde coinciden.

Iulia vivía en Kiev, la capital de Ucrania. Habla inglés para entenderse bien. Viene con lo puesto. Pero es un "lo puesto" de calidad. Traen solo dos maletas. Produce la impresión de pertenecer a la clase media alta. En su país iban de vacaciones a sitios caros. Es poco conversadora. Al principio se mostraba bastante retraída. Con el paso del tiempo se va abriendo más. Se niega a ser considerada refugiada. En las tramitaciones que tienen que hacer para solucionar la cuestión de papeleo en manera alguna quiere aparecer como una pobretona. Si salieron de su país fue por el miedo que les producían los bombardeos.

Miguel les lleva del hotel a su casa de Los Molinos. Ella pensaba que irían a una casa propia, no a una vivienda compartida. El cambio de lo que esperaba a lo que recibía lo fue aceptando poco a poco. Le dolía recibir un trato que significaba para ella algo así como un empobrecimiento formal. Tenía que vivir en una mansión de forma no independiente. El niño Marco, sin embargo, se integró enseguida. Le ayudó a ello la relación que estableció con los perros de Miguel y el suyo que traían. Olga iba en silla de ruedas. Podía andar pero estaba mentalmente ida. Antes de la guerra vivía con su marido en el campo. Pero dos días antes de que la guerra empezara, murió.

En familia, desde un principio, comían en la misma mesa. A veces la costumbre imponía diferencias. De productos, de cantidad, de horarios. En el supermercado Iulia se pagaba lo suyo. Había venido con dólares y podía hacerlo. A veces incluso se iba sola al pueblo del que la casa dista como unos dos kilómetros.

A Julia le sorprendió que el nivel de vida que encontró en España fuera superior al de su país. A Miguel le costó llevar a Iulia a Pozuelo, a la sección establecida en la policía nacional para los refugiados. Era un trámite que había que hacer. Necesitaba obtener la tarjeta de la Seguridad Social para que se le aplicaran los beneficios que le correspondían.

En el pueblo de Los Molinos había una pequeña comunidad ucraniana. La formaban unos ucranianos antiguos y los ucranianos nuevos generados por la guerra. Iulia, sin embargo, no quiso establecer relación con ellos. Le bastaba con el saludo de rigor. ¿Por qué? A Miguel le llamaba poderosamente la atención dicha faceta y se preguntaba a sí mismo por la causa. ¿Eran motivos socio económicos? ¿Eran tal vez más bien étnicos? ¿Era su origen ruso a pesar de que hablasen siempre en perfecto ucraniano? La hermana de Miguel era profesora en el colegio y tenia buen conocimiento de las familias ucranianas más antiguas generadas en los problemas de ocho años antes, del año 2014. Tampoco supo encontrar explicación.

La vida social la tenía con la familia. Hablaba todos los días por medio del móvil con su marido (en Ucrania) y con su hermano (en Estados Unidos). El niño sí chapurreaba con sus compañeros en inglés. Ella se declaraba católica. Iba esporádicamente a la Iglesia pero no a la del pueblo sino en Madrid. Y no se dejaba acompañar por Miguel. Tenía que ir sola.

Iulia tenía necesidad de recibir cierto tratamiento ginecológico. Se lo fueron dando en el hospital de Villalba de lo que quedó muy contenta. Marco tenía necesidad de ir al colegio. Miguel quiso inscribirle en el colegio de Los Molinos. Ella se mostró firme en que no fuera y no llegó a ir.

Lo que quería Iulia era marcharse a los Estados Unidos en donde estaba su hermano que huyó a Miami en la anterior invasión rusa el año 14 que concluyó con la apropiación de Crimea. Allí estaba en situación ilegal.

Un día, de forma inesperada, le dice Iulia a Miguel que se van. Que su hermano le ha mandado dinero desde USA y ella arregló el viaje como turista a través de México. Había comprado los vuelos: Madrid - Bogotá - México - Frontera USA. Allí había un paso abierto a los ucranianos. Al otro lado estaría esperándole su hermano. Miguel les llevó al aeropuerto. Como despedida, Iulia dio a Miguel un gran abrazo. Un abrazo, largo, profundo, sincero. El hospitalario Miguel vio que lo que había hecho por ellos generó un gran agradecimiento. Qué buen recuerdo tiene Miguel de dicho abrazo. Cuántas veces lo cuenta. Con qué satisfacción lo pondera. La estancia de la familia de Ucrania en Los Molinos había durado tres meses: desde principios de marzo hasta muy al final de mayo.

El viaje se realiza. Llegan a Miami en donde el hijo de Olga y hermano de Iulia tiene su vivienda. Hijo que tiene la gran satisfacción de volver a ver de nuevo a su enferma madre. Madre que murió al mes de llegar a los Estados Unidos.

Antes de iniciar el viaje se les presenta a Iulia y familia un grave contratiempo. El perro puede ir a México pero no puede entrar en Bogotá. Es una realidad que a Iulia le resulta desesperante. Y tiene que quedarse en casa de Miguel.

Unos meses después pasa por Madrid de camino para Miami el marido para recoger al perro. Era ya noviembre. Se queda dos días en casa de Miguel. Cuando viene lo hace a través de Tiflis (Georgia). Y se marcha vía Casablanca. No como refugiado sino como turista. A Miguel le produce la impresión de que en alguna ocasión el marido de Iulia fue torturado. Como si le hubieran apagado en su piel cigarrillos encendidos.

Por medio del móvil Miguel mantiene contacto con la familia albergada en su casa y establecida ahora en Miami. Iulia se busca casa propia. El niño Marco va al colegio. A poco de llegar el marido organiza el divorcio.

Como había tenido en su casa a una familia de Ucrania, Miguel se relaciona de cuando en cuando con los ucranianos de Los Molinos mientras estuvieron allí. Porque poco a poco fueron desapareciendo. Se marcharon. Y ahora le parece que ucranianos nuevos en aquella localidad no hay. Una experiencia que no puede ser más rica. Un recuerdo que no puede resultar más generosamente humano.

La Experiencia de María Ribes. Una respuesta difícil

María es una madre de familia que vive en un chalet de Pozuelo de Alarcón junto a Madrid con su marido y dos hijos. Una hijo de 14 años y una hija de 12 cuando comienza la guerra de Ucrania. Acostumbrados a seguir las noticias por los medios normales se enteran de que en Ucrania se ha empezado a sufrir una guerra. Rusia es el estado atacante. Mientras que los padres deben quedarse para defender el país muchas madres se ven obligadas a huir al extranjero llevando con ellas a los hijos. No se puede hacer otra cosa. Es una cuestión de subsistencia.

A la reflexión que sigue a la alarma y a la pena se une el deseo de hacer algo. La familia de Pozuelo considera que su vivienda tiene espacio para poder prestar una ayuda valiosa. Están muy de acuerdo todos, la madre, el padre y los hijos. Se inscriben en una lista que ha abierto el ayuntamiento. Pero antes de que aparezca la solución municipal surge una oferta nacida de las bases ciudadanas.

Por Facebook se enteran de que Oana, mujer extranjera residente en Pozuelo, ha formado un grupo de apoyo a refugiados de la guerra de Ucrania. En dicho grupo destacan las vecinas Beatriz y Amparo. Se trata de una mujer muy guerrera que obtiene una furgoneta primero alquilada y luego prestada. Hace por su cuenta varios viajes a la frontera de la guerra. En uno de ellos se trae a un anciano con su hija y tres nietos originarios de Odesa. Paran en Girona por desacuerdo entre ellos. Deciden separarse. La furgoneta sigue su viaje. El abuelo se quedará en Girona y la madre con sus hijos seguirán a Madrid. La Cruz Roja ya no les paga el hotel. Oana y Beatriz Crespo piden a María que reciba en su casa a la mujer con sus hijos. María pide a su tío Ricardo, hermano de su padre, que se encargue de recogerles y enviarles a Madrid. Va con su coche a Girona y les monta en el tren en la estación de Sants. Renfe ofrece gratuitamente los billetes. Es una decisión de la empresa ferroviaria para con todos los ucranianos exiliados

María y su marido acuden a la estación de Atocha a las doce de la noche y allí les reciben. Es el día 22 de marzo del 2022. Colocan a los cuatro en una misma habitación para que se sientan juntos. Solo quieren tomar verdura y fruta. La madre, Olena, tiene 45 años. Manifiesta ser fotógrafa de profesión. La hija mayor, Evelina, 17. Sabe además del ucraniano y el ruso, el francés y el inglés. Toca extraordinariamente bien el piano. La mediana, Lana, 15. Y el pequeño, Yelysei, 9. Una vez en Pozuelo la familia anfitriona les dedica un largo fin de semana para la adaptación y la muestra de la ciudad. Fue un lunes cuando empezaron en el colegio.

Una vez en casa afrontan los problemas iniciales: la comida, la atención a la salud, el papeleo y los colegios para los niños. Los recién llegados están desnutridos. Son vegetarianos con una característica especial. No pueden tomar nada que fermente en la tripa. Los anfitriones se dan cuenta que siguen una alimentación que consideran absurda. María opta por ir con ella al mercado y compra lo que le indica para ella y sus hijos: algas, trigo sarraceno, sopas, patata y remolacha, leche, verduras y fruta.

En la organización de las comidas aparece enseguida el desorden al que los recién llegados están acostumbrados. No se sientan juntos para comer. Cogen los alimentos y se los llevan arriba para consumirlos. Después era el niño quien se los subía a la madre que en un determinado momento decidió no salir de la habitación. Una actitud que creó en María gran desconcierto.

A casa de María llegaba como oferta de atención alimentaria a los refugiados mucha comida. No sabía dónde meter tanta para conservarla. Los donativos dinerarios se prodigaron también.

María se encargó de buscar plaza tan pronto como supo cómo eran los que iba a recibir. El concejal de educación dio la orden de que todos los colegios abrieran las puertas a todos los ucranianos. En Pozuelo, Raúl le da a María a elegir el centro que vaya mejor para los tres. No importan las condiciones. Optan por el colegio público Príncipes de Asturias. Y allí lleva María a los tres acompañados por la madre. La llegada es espectacular. Los globos azules y amarillos decoran el ambiente. Los niños aplauden a los recién llegados. En los días escolares, la madre iba a buscar a sus hijos al colegio. Las profesoras mandaban informes a la familia, en concreto a María, acerca del aprovechamiento escolar que era muy bueno. Luego acudieron a dicho colegio otros niños y jóvenes ucranianos.

Junto con la asistencia al colegio el grupo pro ucraniano de Pozuelo organizó a para todos los llegados de Ucrania clases de español. María apuntó a la madre en la Escuela de Idiomas. Todos juntos además iban a clases que tenían organizadas tanto la Cruz Roja como el Ayuntamiento. Sin que faltara un refuerzo ofrecido por las amigas de María.

María les lleva a todos al Centro de Salud en donde les hacen un chequeo completo. Lana sufría una candidiasis. Sentía escozores en las partes bajas de su cuerpo. Había que utilizar un cánula para su curación. Pero no se dejaba explorar. Al cabo de unos días la madre se quejaba de dolores de cabeza. Tenía un problema de tiroides. Manifestaba deseos de que se les llevara a una ciudad en donde hubiera mar.

Los recién llegados traían correctamente sus papeles. María les llevó al Zendal en donde la Comunidad de Madrid había establecido un centro logístico de atención a los ucranianos, muy bien dotado. Un aspecto a destacar fue el personal de habla ucraniana. Los pasaportes mostraban apellidos diferentes para los tres hijos. Eran hijos de la misma madre pero de distinto varón. Ello repercutía en las relaciones entre ellos. La chica mayor hacía como de segunda madre de sus hermanos. Las niñas se sentían muy felices en el colegio. El niño estaba muy apegado a su madre.

La familia española notó en Olena un cambio bastante radical. Al principio se arreglaba mucho y se mostraba guapísima. Luego modificó su estilo deseando aparecer como mujer pobre y de mucha necesidad. Fue a partir del contacto con el Zendal. Pedía mucho y pensaba que mostrándose pobretona iba a obtener más. Quería casa, dinero, coche.

María llevaba varias semanas sin acudir a su oficina de trabajo. Llegó un momento en que vio que tenía que volver a la necesaria rutina diaria en favor de su subsistencia y la de su familia. Ello se hubiera arreglado si Olena empezaba un trabajo. Como fotógrafa se le ofreció un puesto en la clínica dental del marido de María. Dicho ofrecimiento no prosperó al igual que otras gestiones con fotógrafos realizadas por medio de la Cruz Roja. A Olena le faltaba motivación. Sin trabajar no podía permanecer en casa de María que necesitaba volver de nuevo a su labor profesional. Prefería además trasladarse a una ciudad con mar e inició gestiones hasta que consiguió un puesto en Tenerife. Al traslado colaboró el Centro de Refugiados del Ministerio de Asuntos Exteriores. Estuvieron cierto tiempo en Aranjuez en hotel pagado por la Cruz Roja. Instalados en Tenerife, Evelina cumplió los 18 años y se marchó a Girona a vivir con su abuelo que estaba allí establecido. Inició estudios en la Universidad y comenzó a ejercer también un trabajo.

La citada familia estuvo en casa de María un mes. Salió de allí el día 23 de abril de 2022. María guarda muy buen recuerdo de los hijos y alaba mucho a las dos hijas. Lamenta que con la madre en razón de su ideología, sus costumbres y sus intereses no pudiera tener el tipo de relación que ella hubiera deseado. La decisión de Olena de irse con los suyos a un lugar en el mar fue una salida que María y su marido valoraron muy positivamente. La atención que les prestaron en los aspectos que antes describimos es lo que guardan en el recuerdo de su generosidad en favor de los refugiados de la guerra de Ucrania. Los límites que hubo que sufrir es lo que les impusieron unas circunstancias inesperadas.

LA IDEOLOGÍA NACIONAL

CAPÍTULO VI

La Ideología nacional

Lo que los ucranianos de etnia rusa piensan y sienten

La ciudad ucraniana formada y asentada en Madrid apoya su patriotismo en una ideología nacional muy firme. Una ideología fortificada por oposición a otra, la pro rusa, que les fue impuesta durante mucho tiempo. Vamos a exponer ésta primero, tal como la manifiestan los ucranianos rusos y pro rusos que viven en Madrid y de esa forma entenderemos mejor la ideología nacional ucraniana.

Entre los ciudadanos que forman la presencia ucraniana existente en Madrid encontramos una concepción, sustentada por una minoría poco numerosa asentada en la capital de España desde hace años. Es una concepción que añora nacionalmente la época soviética; una concepción pro rusa. Tal visión destaca que cuando se hundió la Unión Soviética, todos los habitantes de lo que es hoy el Estado de Ucrania,

pasaron de tener - sin que nadie se lo propusiera -, la nacionalidad ucraniana a partir de la soviética. Dice que los territorios
de lo que ahora se llama Ucrania nunca habían formado una
unidad. La unidad que verdaderamente existía anteriormente
era una unidad superior de rasgos rusos. La mayoría de los
ucranianos eran y siguen siendo ruso parlantes. Incluso la palabra Ucrania apareció muy tarde. Empezó a existir a principios del siglo XX. No había país, no había nación, ni siquiera
había nombre. Antes, los que ahora se llaman ucranianos, se
llamaban rusinos. Ucrania significa lugar fronterizo. Ucrania
es frontera. Los que tienen menos de treinta años, descono-
cen la historia anterior de tan informe nacionalidad.

Los pro rusos siguen afirmando que el Estado ucraniano
nunca existió antes de 1991. En marzo de 1990 se celebró
un referéndum preguntando a los ciudadanos si querían
que se conservase la Unión Soviética y que en el territorio actual de Ucrania una mayoría abrumadora respondió
afirmativamente.

A pesar del resultado del referéndum celebrado, el 8 de
diciembre de 1990, Yeltsin de Rusia, Kravchuk de Ucrania
y Suskievich de Bielorrusia se reunieron y fijaron las fronteras de forma muy improvisada. A dichos tres políticos los
pro rusos les llaman criminales. Criminales porque disolvie-
ron la URSS sin más. Y crearon la Comunidad de Estados
Independientes y con ellos, la República Ucraniana. Afirman
que las fronteras que se establecieron aún no han sido acepta-
das por la ONU. Que incluso la gente de Galitzia desconoce
de dónde viene el nombre de su región. Es un nombre que
se deriva del que tenía un príncipe del siglo XIII. La capital
era conocida con el nombre de Lvov, en ruso. Actualmente
ha pasado a llamarse Lviv, en ucraniano. Y los occidentales se

refieren a ella con el nombre griego de Leópolis. Últimamente se ha difundido mucho esta denominación.

Los ucranianos pro rusos pretenden mostrar la existencia en España de unos exiliados ucranianos que no han huido de la guerra. Que no han sabido nada de ella. Se dieron cuenta de que teniendo las fronteras de su país abiertas para marcharse, se les ofrecía ante sus ojos un camino muy oportuno y muy fácil. Era algo así como darse un paseo o realizar una excursión. Obtenían tarjetas de residencia operativas e inmediatos permisos de trabajo. Por ello venían.

Los trabajadores ucranianos después de febrero del año 2022, eran peones, mano de obra muy poco cualificada. Por lo general, extraordinariamente valorados por su gran capacidad de rendimiento. En España tenían fama de buenos trabajadores los polacos. Pues bien, no eran pocos los que decían que aquellos ucranianos que venían eran mejores que los polacos. Luego se produjo un cambio entre los inmigrantes. Empezaron a venir gentes con estudios, abogados, gestores, economistas, intérpretes. Ocuparon buenos puestos de trabajo.

Nos cuentan que en Ucrania hay hoy una fuerte persecución en contra de la lengua rusa. A ello se une también la persecución religiosa contra los adeptos al Patriarca de Moscú. En Ucrania hay mucha religiosidad pero no se quiere que se manifieste obedeciendo al Patriarca moscovita. Está oficialmente prohibido pertenecer a esa Iglesia. Los niveles de irracionalidad son muy grandes. Hasta llegaron a detener al abad de Santa Laura, monasterio situado en las colinas de Ternópil, en el occidente de Ucrania. Un monasterio antiquísimo, gran lugar de peregrinación desde el siglo XIII.

Hay quien afirma taxativamente que, desde 2015 y 2016 Ucrania ya no existe. Lo que tenemos ahora no es Ucrania.

Es otra cosa. La evolución de lo que hay ahora acabará con la completa destrucción del país. Eso sucederá tanto si prevalece la OTAN como si prevalece Rusia. Como se ve es una interpretación terriblemente dura, imperiosamente radical.

La Interpretación ucraniana de la realidad política en relación con Rusia y los rusos. La Ideología nacional

La otra, mucho más generalizada en cuya base están los ciudadanos llegados hace poco, es pro ucraniana, anti rusa. La característica que las relaciona es el odio. Un odio, sin embargo, que procura no mostrarse excesivamente al exterior. Lo que nos han comentado los ucranianos de la realidad política en relación con los rusos no baja tanto al detalle como la interpretación rusa antes expuesta. Podemos expresarla toda ella con una visión general. Las entrevistas realizadas no nos han dado para más. Según ellos, el año 2022 Putin quiso conquistar Ucrania para Rusia. Era el primer paso para dominar otros países. Pensaba que Ucrania caería en breve tiempo pero no cayó.

Para los ucranianos de Madrid, los rusos que viven en la Unión Europea no forman grupo. No son más que protestones aislados. Dichos ucranianos odian el idioma ruso. Es un idioma que tenían impuesto. No existen rusos buenos. Su mentalidad es dominadora y enferma. No se pueden liberar de dicha lacra intelectual. Imponen la cultura rusa. Que todos tengan que estudiar a Dostoievski y a Chéjov. A mis interlocutores ucranianos de Madrid, les invade el desprecio al explicar cómo se vive en los pueblos de Rusia. Las personas y los animales habitan en la misma casa. Y dicen que no se refieren a Siberia. Hablan de una población situada en zonas que se extienden entre Moscú y Europa central oriental. Afirman que es una situación francamente mala. Que la gente no quiere tener hijos. Que recuerda a la Corea del Norte, la Corea de Kim. Todo aparece como destruido. Nadie quiere ir a vivir allí. Es algo verdaderamente catastrófico. Pero aun así, como dice el filósofo Gregory Skovoroda, la muerte moral es todavía peor.

A mis interlocutores que tanto odio manifiestan tener contra Rusia les parece que los rusos con los bombardeos obtienen éxitos pero solo provisionales. Entre los exiliados, los que cumplen 18 años y se sienten patriotas, quieren volver. Están convencidos de que la Federación Rusa desaparecerá por desintegración.

Entre mis entrevistados hay algunos que han ido y han vuelto muchas veces haciendo el recorrido España - Ucrania. Están bien establecidos en España en donde conviven con sus mujeres y con sus hijos. Creen que es necesario que se imponga una visión independiente.

La ideología nacional ucraniana se muestra muy vivamente en las manifestaciones que los ucranianos de Madrid organizan en el centro de la ciudad. Esta manifestaciones tiene lugar en domingo normalmente en la plaza de España. Pero si se quiere conmemorar un acontecimiento más notable se convocan en la Puerta del Sol. Un mar de banderas da a conocer a los viandantes que los ucranianos están allí. La mayoría son amarillo azules. Hay también en negro y rojo, que evocan un pasado ucraniano nacional vinculado a los cosacos. Y no puede faltar entre ellas, la española. Una bandera ucraniana de 40 metros de largo y 4 de ancho avanza paralela al suelo sujetada por sesenta personas. Una vez que cayó granizo hubo que volcarla para que el peso no embolsara la larga sábana desembarazándola de las piedras blancas caídas del cielo. Hay también carteles con eslóganes reivindicativos.

La emoción es muy intensa cuando se canta el himno nacional. Luego el protagonista es el micrófono. Detrás de él se sitúan los profesionales de la palabra tanto ucraniana como española. Y los espontáneos. Un micrófono a través del cual se canta, se recita, se traduce, se habla, se grita, se improvisa, se llora. Taras Shevchenko es el literato más citado.

Junto al hervor político está también el religioso. Hacen repetidas veces la señal de la cruz. Todos se ponen de rodillas. No se cansan de estar largo rato arrodillados sobre las graníticas losas de la plaza de España. Se recoge dinero para mandarlo a Ucrania. Contra personas criminales como Putin, Dios protege a Ucrania.

Terminadas las manifestaciones orales empieza el desfile. Es la Gran Vía la que se recorre. Hasta Callao. Se camina por la calzada en procesión cívica contemplada desde las aceras por los transeúntes. La policía rodea a los manifestantes en furgoneta, moto y a pie. La calle de San Bernardo está cortada. Nadie puede pasar. Los eslóganes se repiten con la voz más viva y entrañable que se pueda hacer sonar: "Rusia, país terrorista"; "Hoy Ucrania, mañana Europa". "Europa escucha, también es tu lucha"; "Putin racista, eres fascista"; "América escucha, también es tu lucha"; "Ucrania no se vende".

Así se llega a Callao. Allí, más concentración, más discursos. La manifestación es larga como las misas de rito bizantino. Un rasgo que como occidentales nos diferencia a los españoles de los ucranianos: la concepción del tiempo. Y todos cantan el Himno Espiritual de Ucrania tan antiguo como profundo, cuya letra transcribimos en otra página.

Así termina la manifestación. Ha durado dos horas y media. Madrid se ha enterado de que alberga en su seno una ciudad organizada y vibrante. Una ciudad que muestra su convicción nacional desde que se levanta hasta que se acuesta.

Leamos el siguiente poema:

SOY KYIV! ¡SOY EL ALMA DE LIBRES!
por Andriy Demydenko.
Traducción de Olga Ledo Galano.

Soy Kyiv
¡Ser libre es gravoso!
Quien va por serlo a la guerra
es digno de serlo.
¡Oh Dios bondadoso!

Soy Kyiv
¡Mi halo es Santa Sofía!
Y mi florecer,
la bella Yaroslavna.
Un arma alcé
¡cuando el cruel
me atormentaba
con un arma!

Soy Kyiv
¡Soy libre
y honrado!.
¡Soy mito!
No fui conquistado
por los moscovitas.

Sabe el mundo,
la época
y cada nación
¡Donde queda el bastión
que atajó a los malditos!

Soy Kyiv
¡La cuna de eslavos!
Cruza mi pecho
el incesante Dnipró
¡Acuadios nuestro bravo
Pues nadie
le superó!
Mis heridas
es él que lava ...

Soy Kyiv
¡Soy el alma de Ucrania!
Y no podréis, ogros,
demonios de muerte,
de yugo y daño,
saber nuestro voto,
captar
nuestra hazaña.

Soy Kyiv
¡Llega viva mi voz
Desde siglos atrás!
Sus legiones reunía
Duque Volodymyr
ahí

y su verbo
por la bayoneta
cambió
de momento
Shevchenko Taras.

Soy Kyiv
Misiles
y bombas
van mis confines surcando ...
No hay ni tumba
ni cruz ...
Y retan los héroes santos
el fuego mortal
de tú a tú.

Soy Kyiv
¡Escucha
Planeta,
A baleados pueblos
y urbes!
¡Escucha a la tierra
y los astros cridar!
Planeta,
que ya levantémonos juntos!
¡Racistas
dan caza
a la Humanidad!

¡Soy Kyiv!
¡Soy el alma de Libres!

Soy Fe
y Cariño.
Ser libre
es mi grupo sanguíneo.

Soy Kyiv
Mi Portal abriré
Con la llave de vida
A nuestra VICTORIA lucida
¡Soy Kyiv de Ucrania!
¡Soy Kyiv por siempre!

Que el mundo no tiemble.
Jamás en los siglos
Y diga sin fin
desde hogaño.
Tan enternecido,
Tan agradecido:
          ¡GLORIA A UCRANIA!
          ¡AL PUEBLO DE UCRANIA!
          Por nuestra hazaña
          en hora
          sangrienta
          ¡tamaña proeza!
          ¡la proeza
          guerrera!
          Soy Kyiv
          A todo aquel que hace frente
          por la Paz
          Verdadera,
          os tengo

en mi corazón

Con un canto llano
y el son
de campanas
por buenas nuevas
¡os daré
bendición !
　　¡SOY KYIV!
　　¡¡¡POR SIEMPRE ES MI CREDO
　　Y ES MI RAZÓN!!!

Andriy Demydenko es un poeta ucraniano actual de muchísimo reconocimiento. Ganador de múltiples y muy prestigiosos premios. Olga Ledo Galano es la traductora. De ella hablamos con detalle en otro lugar de este libro. Sus apellidos son españoles desde su matrimonio.

LA FUERZA ASOCIATIVA
Y LA PRÁCTICA PROFESIONAL

CAPÍTULO VII

La Fuerza asociativa y la práctica profesional
de los ucranianos en Madrid

A) -. Las Asociaciones

El grupo de desplazados ucranianos establecidos en España es, como vimos en las estadísticas, bastante importante. Un buen número de ellos vive en Madrid y alrededores. Una población así ha dado lugar a que surgieran asociaciones de diverso tipo que tienen la función de organizar a la sociedad y conseguir importantes objetivos.

El grupo mayor de asociaciones lo forman las que podríamos llamar asociaciones cívicas que aglutinan a ciudadanos con características propias de los vecinos corrientes.

Veamos aquí el esquema de tales asociaciones en Madrid y provincia:

«Comunidad ucraniana en España». c/ Los Alfares, 41a. Madrid. Presidente Yuriy Chopyk. Esta asociación con su presidente a la cabeza destaca por organizar manifestaciones y

117

protestas los domingos bien en la Puerta del Sol bien en la plaza de España. **Asociación de los padres ucranianos «Nashi dity».** c. San Feliu de Guixols, 7, Madrid. Presidenta: Ivanna Vatamayuk. **Asociación Patriotica de Ucrania "Volya".** c.Esperanza Macarena, 11-3A. Madrid. Asociación "Con Ucrania". c/ Isabelita Usera 71 (local). Madrid. Presidenta: Lilia Mylolaiv. Asociación "Chervona Kalyna" c. /Sierra de Cuerda Larga 11-2A. Madrid. Presidente: Ivan Khorosh. **Asociación "SIVACH".** c/Paseo Alberto Palacios № 146 1º D. Madrid. Presidente: Pavlo Gamalevych **Asociación «Ucranianos en España».** Coordinador de proyecto: Oleksiy Rudyy. Asociación **"Unidos con Ucrania".** Presidente: Roman Zaitsev. El presidente actual es cofundador de la misma. Es una asociación que se caracteriza por organizar actos culturales. Desde aquí ayuda a los militares ucranianos del frente y a la reconstrucción de la infraestructura civil. Envía a Ucrania material en gran escala. Tienen mucha relación con la administración de la Comunidad de Madrid y del Ayuntamiento. Se les cede una zona del hospital Zendal en donde recogen el material a enviar y lo cargan en camiones. Asociación *"Con Ucrania"*. Se fundó en el año 2014 con jóvenes muy formados venidos a España, abogados, arquitectos ...etc. Vieron que la información que se esparcía en España y América Latina sobre Ucrania dejaba mucho de desear. Hicieron para vencer tal dificultad una asociación informativa. Había pues que buscar información verdadera y mandarla al exterior. Es decir: traducir lo verdadero. Llama la atención el rigor y las exigencias cautelares y organizativas de esta asociación. Tiene una secretaria que trabaja para la asociación en su casa durante media jornada. Responde al correo y al teléfono. Cada dos años se cambia de presidente y de junta. El cargo se obtiene por elección. No es de ninguna manera aceptable aquí lo que ocurrió en la asociación la Comunidad Ucraniana en España. Que su presidente, Yuri, se mantuviera en su puesto durante veinte años.

Las asociaciones de la provincia de Madrid son: **Asociacíon "Ucranianos de Alcala"** 28806 , Alcala de Henares. Calle Albeniz 8, 4D. Presidente Oleksandr Sytnikov. **Asociacion «Por el futuro de Ucrania».** c.Oviedo, 5 , 3D. Móstoles. Presidenta: Mariana Palko. Asociación "Ucranianos de Henares". c/ Milán, 19 7°C, Torrejón de Ardoz. Presidenta: Liudmyla Studenets.

La asociación de Alcalá de Henares se caracteriza por organizar eventos culturales, mandar ayuda económica a los militares y recaudar fondos para el levantamiento de minas. También presta servicios a los agricultores. Es una asociación muy reconocida.

Existe una Unión de Asociaciones Familiares cuya sede social radica en la calle Manuel Cortina que hace una labor muy positiva de relación y cooperación entre las asociaciones que hemos mencionado.

Además de las asociaciones que acabamos de mencionar existen otras más especializadas como estas tres que destacamos:

Primera: una literaria que tiene el nombre de *Nuestra palabra*.

Segunda: otra estudiantil que recibe el nombre de Asociación de Estudiantes Ucranianos en España. La presidenta es Kutsenko Roksolana.

Tercera: otra general llamada *Unimos corazones*.

"Nuestra palabra". Asociación literaria creada en Madrid. Se inició en el año 2014. Su finalidad era literaria. Quienes la formaron deseaban dar a conocer sus escritos. El papeleo hizo que la fecha del registro se demorara. Al final, llegó. Fue

el 22 de abril de 2019. Actualmente la presidenta es Galyna Koryzma.

Con el pasar del tiempo se han podido hacer cuatro almanaques. El primer libro aglutinó a 27 personas. El segundo salió en 2017. También aglutinó a 27 personas algunas de las cuales viven en el extranjero. Entre todos ellos hay gente mayor. Pretenden dar paso a los jóvenes. Han estudiado en la Universidad de aquí y piensan que saben más historia. Se busca sobre todo la calidad. Los ucranianos de aquí están orgullosos de lo que hacen. Los almanaques se vendieron. Salió el tercero. Y ahora se trabaja en el cuarto, en un entorno de 18 personas.

Unimos corazones

El inicio de esta asociación tuvo lugar nada más iniciarse la guerra de febrero del 2022. El movimiento patriótico muy fuerte que se produjo entre los ucranianos que vivían y trabajaban en el exterior, en concreto en España, fue vivido muy profundamente por algunas personas. En este momento tenemos que mencionar a Mykhaylo Tomey que hace 24 años que vive con su mujer en España. Con un minúsculo grupo de amigos pensó en la manera más eficaz de ayudar a los desfavorecidos gravemente por la guerra en Ucrania. Acumularon mucho material que enviaron en un *trailer* en el mismo mes de marzo. A partir de tres personas formaron la asociación. Y desplegaron un gran movimiento de recogida de alimentos y enseres. En el mes de abril hicieron el segundo envío. Luego decidieron aumentar el material acumulándolo con la organización de campañas. Unas campañas que tenían como objetivo los centros comerciales. La asociación agrupó a más miembros que actuaban como voluntarios. Se trataba de recoger y se hacía las más de las veces, los fines de semana y en ocasiones también en los días laborables. Dependía de los permisos de los centros. Los productos recogidos se enviaban y se siguen enviando a unas sesenta direcciones de Ucrania. La acción de la organización *Unimos corazones* está presidida por un orden verdaderamente modélico. En las direcciones aparecen familias numerosas, albergues, centros de minusválidos, agrupaciones destinadas a ayudar y proteger a los niños, familias con fallecidos en la guerra, etc. Los envíos están muy personalizados con un seguimiento por parte de los organizadores de España muy exacto. Se exige acuse de recibo de los productos llegados por medio de fotos. Fotos por ejemplo de los niños o de los demás necesitados rodeando el paquete. Ello lleva muchísimo trabajo. Nadie lo hace igual. La información está abierta en internet. Se conservan miles de fotos.

Un caso que llama poderosamente la atención es el de los inválidos. Hay viejos que viven solos. No salen de su apartamento porque está muy alto y se mueven en silla de ruedas. Son los vecinos los que recogen el paquete. Es la única forma que tienen para sobrevivir.

Otra forma de recoger dinero es la lotería de objetos artísticos elaborados por ucranianos. Por diez euros se puede lograr un bonito cuadro. De esa forma la gente se interesa más.

También se presta atención a las necesidades de los animales. De cuando en cuando se envía comida para ellos.

Con el paso del tiempo *Unimos Corazones* abrió otro campo de acción. El segundo de acción. La gente en general, y los organizadores de *Unimos corazones* en particular, percibieron de una forma muy clara que las familias iban perdiendo hombres debido a que morían en el frente. Había que hacer por lo tanto un esfuerzo para ayudar a los padres a sobrevivir en la guerra. Necesitaban para protegerse mejor, visores de vigilancia nocturna, chalecos antibalas y cuantos equipamientos de acción resultasen útiles para proteger la vida en la despiadada puntería de las balas y las bombas. Y se abrieron, a tal efecto, campañas de recogida de dinero.

Y por último, un tercer campo de acción establecido en el segundo año del funcionamiento de la asociación: la atención a la cultura desde un departamento cultural. Para ello *Unimos corazones* adquirió un local muy pequeño en Fuencarral. Se organizan conciertos, encuentros, concursos, se pintan huevos de Pascua. La solidaridad no puede quedarse en lo material. Debe abarcar también lo espiritual. Espiritualidad que se expresa en el canto del himno espiritual ucraniano que nació hace 140 años y cuya traducción ponemos luego. Una traducción al español en forma poética y cantable por Olga Ledo Galano, vicepresidenta de la asociación. Himno que se canta en español en las iglesias católicas y ortodoxas de España.

Un ejemplo de concierto es el celebrado en el Centro Cultural Sanchinarro el día 9 de marzo de este año 2025. Concierto de dos partes: una primera a cargo de varios colectivos vocales ucranianos. Y una segunda ofrecida por un solista.

Asociación de Estudiantes Ucranianos de España

Los Estudiantes universitarios ucranianos de Madrid se integraron en una asociación en el mes de mayo de 2023. Actualmente todavía está en periodo de registro. Les resulta difícil hacerlo debido a las exigencias burocráticas. Pasados casi dos años desde su fundación, tienen como algo más de cien miembros. Cincuenta de ellos están en Madrid. El resto en otras ciudades como Barcelona, Valencia y otras. Como finalidad tiene un objetivo fundamental: que los jóvenes estudiantes ucranianos sean embajadores de su cultura en España. Además, organizar eventos culturales.

La presidenta es Roksolana Kutsenko. Una vocal que destaca es Olha Buhaiova. Ingresó en septiembre del 2023 y se encarga de la publicidad. Roksolana cursó Derecho Internacional Público en la universidad de Jarkiv, ciudad situada muy cerca del Donbás y de la frontera rusa. Una ciudad que ha sufrido el castigo de las bombas muchas veces. Llegada a Madrid se matriculó en Derecho de la Universidad Complutense y logró el grado y el máster. En estos momentos aspira al doctorado y al mismo tiempo busca trabajo en despachos de abogados. Olha sigue *on line* sus estudios de Relaciones Internacionales y Económicas en la Universidad Taras Shevshenko de Kiev. Va a Ucrania a examinarse.

En Madrid, ambas universitarias viven con sus madres respectivas. La de Roksolana es farmacéutica pero dejó su trabajo de farmacia para pasar a una inmobiliaria situada en Ucrania en donde se halla ahora y en la que trabaja *on line*. Con una constancia admirable, además del estudio del español, pretende obtener el título de Óptica. La de Olha es psicóloga. Vive en Lugo. Ambas universitarias desplazadas, cuando hablan con el resto de sus familias (el padre de Olha es militar) que están en Ucrania, oyen a través del teléfono las explosiones causadas por las armas y los sonidos de las alarmas.

Los miembros de dicha asociación que están en Madrid estudian preferentemente Relaciones Internacionales y Economía Internacional. También Derecho Internacional y Administración de Empresas. Hay un matriculado en la Facultad de Matemáticas. Y una chica en la de Bellas Artes.

La asociación ha celebrado diversos eventos en la Universidad Complutense recibiendo el apoyo de Rosa, la vicerrectora. Organizó en el Vicerrectorado de Estudiantes una Exposición llamada *"De diplomas no emitidos"* que tuvo mucho   éxito. Fue dedicada a los estudiantes fallecidos a partir de la guerra de 2022 que por ello no pudieron obtener el título. Exposición celebrada también en otros países como Estados Unidos, Canadá y oros europeos. Otro evento fue una mesa redonda titulada *"Lucha por la Justicia"*. Allí se constató la necesidad de luchar en contra de la propaganda que Rusia hace en el exterior como en España y en América Latina. Es necesario desmontar las falsedades que difunden.

En la Facultad de Derecho es profesora invitada Anakina Tatiana, profesora de Derecho Internacional Público de la Universidad de Jarkiv.

Dicha asociación de estudiantes a veces organiza eventos en cooperación con otras entidades ucranianas. Así por ejemplo con *"Nuestra palabra"* en el Imaguru Space de Madrid. Un local de conferencias situado en el Paseo del Marqués de Monistrol. En cierta ocasión intervinieron Galina Koryzma presidenta de la asociación literaria *"Nuestra palabra"*, Romana Bilous, directora de coro, Kristina Sashchuk, autora de la obra autobiográfica *"Las Golondrinas"*, María Koronas, poetisa, Inna Usenko, novelista. Toda una muestra de la capacidad organizativa y el alto nivel cultural de ambas asociaciones.

Organización Ucraniana Juvenil
(Spilka Ukraina Molod)

Es una organización ucraniana internacional de adolescentes denominada SUM. De jóvenes que todavía no han llegado a la Universidad. Se encuentra esparcida en muchos países del mundo. Su fundador ya falleció. Está dividida por países. España tiene un presidente español. El iniciador en España y primer presidente fue Orest Antoshkyv. Es una asociación muy dinámica. Organiza muchos eventos deportivos particularmente de voleibol y de pádel. Una buena porción de adolescentes que forman parte de dicha organización en España son de origen ucraniano pero nacieron aquí.

Red Ibérica de Solidaridad con Ucrania

Tras comenzar Putin la guerra contra Ucrania se formó en Europa la *Red Europea de Solidaridad con Ucrania* (RESU). Personas y colectivos de Cataluña, País Vasco y Madrid se adhirieron a ella. Pasado algún tiempo se consideró necesario coordinar las actividades que tenían lugar en distintas geografías y se formó la *Red Ibérica de Solidaridad con Ucrania* (RISU). Dicha Red tiene en Madrid un grupo propio. Los objetivos concretos por los que luchan sus miembros, tal como nos manifiesta Marga Díaz de RISU, son: La invasión de Putin es totalmente injusta y radicalmente irrazonable. La tropas rusas deben retirarse y desde aquí se apoya la resistencia ucraniana con dimensión generosa y humanista. No se trata de una transacción comercial. El embargo a Putin debe mantenerse. Y dado que la ambición de Putin se extiende a los países vecinos de Ucrania ellos deben contar también con nuestra solidaridad y nuestro apoyo.

Los Congresos KRAI

KRAI es un acrónimo ucraniano que significa Unión de Asociaciones Ucranianas en España. Nombre muy similar al ucraniano de *kray* que significa frontera. Su labor principal consiste en organizar congresos en los que se reúne la diáspora ucraniana y debate el retorno seguro a su patria y las aspiraciones a que Ucrania forme parte de la Unión Europea.

Forman parte de dicha unión 22 asociaciones de toda España. Coordinan eventos de todo tipo: culturales, sociales, deportivos, etc. Se suelen reunir aprovechando un fin de semana, una vez al año. Acuden presidentes de muchas fundaciones españolas. Está abierto a todos. Hay una fuerte exigencia a las asociaciones que quieren ingresar en dicha unión. Hay que demostrar que en los dos últimos años han realizado un trabajo eficaz. Deben presentar la recomendación de dos asociaciones. Una vez dentro deben pasar dos años sin derecho a voto. Se busca con todas esas normas una calidad muy constatada. Es la manera de que dentro de KRAI todo funcione bien.

Este año 2025 tuvo lugar en la ciudad de Pamplona la celebración del segundo congreso. El anterior tuvo lugar en Bilbao. El de Pamplona fue a partir del viernes 17 de enero hasta el domingo 19. Un congreso celebrado a 3.500 kms. de casa. Las reuniones tuvieron lugar en el Hotel NH Iruña Park. Con presencia del Embajador Serhii Pohoreltsev y de la Presidenta de la Asociación Ucraniana de España, Oksana Demianovich.

El viernes tuvo lugar la recepción a cargo de las autoridades navarras. El sábado 18 fue la apertura de la reunión a cargo de Elma Saiz, Ministra de Inclusión, Seguridad Social y Migraciones y por representantes de la Embajada de Ucrania en España.

Viven actualmente en España 306.260 ucranianos. Entre ellos se halla el grupo más grande de refugiados. A partir del 24/02/2022 el número de ucranianos en España aumentó en 209.508 personas. Un incremento del 217%.

El programa mostraba una organización formada por sesiones. En ellas se abordaron los siguientes temas: Plan de Regreso a Casa Seguros (Se aborda el problema de las minas. Militares de Ucrania son adiestrados para el control de minas en los campos del ejército español en Toledo). Cooperación y ayuda al desarrollo. Futuro de Ucrania dentro de la Unión Europea. Sobre la información y la desinformación. Obtención de subvenciones y recogida de fondos. La educación de los jóvenes refugiados en España.

La celebración de dicho congreso incluyó adjunto la apertura de una exposición fotográfica "Cultura vs Guerra" para reflexionar sobre la lucha del pueblo ucraniano con obras del director de fotografía Serhii Mykhalchuk y el dúo documental Konstantin y Vada Liberov.

Actualmente es presidente de KRAI Vasyle Vaskiv y tesorera Halyna Bardina. La finalidad es aglutinar a los ucranianos de varias ciudades aunque se constate la existencia de personas que son reacios a participar en razón de su cierto individualismo. La próxima convocatoria tendrá lugar en el mes de enero en la ciudad de Murcia.

B) -. La Práctica profesional y la iniciativa empresarial

En la ciudad ucraniana de Madrid se ha originado una práctica profesional notablemente rica y prestigiosa. Hay abogados y abogadas muy bien situados entre la población. Un despacho muy reconocido es el de Liliya Mikolaiv Kmit. No solo resuelve cuestiones llevadas a dicho bufete por ucranianos sino también de muchas otras entidades y personas no ucranianas.

Existen muchas tiendas de alimentación que tanto en barrios como en pueblos, ejercen un comercio a partir de alimentos ucranianos. No son pocas las clínicas de estética. Hay también empresas de construcción y reformas, de fontanería, electricidad, talleres mecánicos y entidades dedicadas a los seguros. En Toledo tiene prestigio una médica pediatra que vino con su título y lo convalidó para poder ejercer su profesión en España.

Se ha prestigiado mucho con su trabajo Antonyna Yavornitska. Hace trajes tradicionales ucranianos de mucha calidad. Tiene en su propio domicilio la maquinaria adecuada para conseguir lo que se propone con sumo arte. Su empresa se llama Etnobarve. Guarda en su casa una colección de trajes típicos de Ucrania. lleva 20 años en España. A partir de un desfile que preparó el 1° de septiembre de 2017, ha organizado otros desfiles en diversos lugares como Madrid, Torrejón, Alcalá, Barcelona, Murcia, Santander, Fuengirola. Le ayuda su hija Karolina (me advierte que su nombre debo escribirlo con K). Y de la misma forma es conocido y alabado Petro Vartsaba que fabrica instrumentos tradicionales de música.

Existe una empresa de restaurantes llamada Svitlana. El restaurante se llama Veranda. Cuentan con dos restaurantes y catering. El dueño es considerado ser muy buen empresario.

Hubo quienes vinieron de Ucrania con dinero. Y lo invirtieron en clubes. Alguno de ellos en Marbella.

Estos dos elementos: la gran capacidad de trabajo y el haber traído dinero de Ucrania da sus frutos en el nivel de vida de los ucranianos aquí asentados. No son pocos los que vinieron hace ya unos cuantos años. Son unos 40% o 50% los que habitan un piso ya propio. En algunos casos no es solo eso sino que tienen una segunda vivienda de vacaciones en la costa. Un 70% o un 80% cuenta con automóvil propio. Algunos traen a sus familiares ya mayores de Ucrania para que puedan pasar en España un invierno menos frío. Una vez en nuestra tierra no se desinteresan de las fiestas y montan su celebración aquí al estilo ucraniano. Los dulces y los huevos marcan unas tradiciones caseras que los ucranianos en manera alguna quieren perder.

Otras veces, los ucranianos y ucranianas ejercen su profesión en entidades españolas. Halyna Bardina, que vino a España desde Lviv, hace 25 años, por razones económicas, nos habla de ella. Trabaja en dos entidades. Una de ellas es la Fundación Aladina. La otra es la Unión Nacional de Ayuda a las Familias (UNAF). Es una gran asociación que en la actualidad presta atención a personas de 17 idiomas diversos. Es un proyecto notablemente muy eficaz que recibe mucho apoyo del Estado. La práctica profesional que ejerce es la de "Mediadora Intercultural de Salud Sexual y Reproductiva". Se trata de una empresa que realiza variada cantidad de actividades como la de buscar trabajos, organizar cursos, prestar atención psicológica.

Daria Dyka, con apelativo ucraniano de Dasha, trabaja en la Federación Internacional de Fitness y Culturismo. La oficina de dicha federación está en las Rozas. El director español de la federación es constantemente elegido presidente mundial. Dasha cubre allí un papel muy importante pues cursó en Kiev la carera de filología inglesa. Sus conocimientos lingüísticos de ucraniano y de ruso son un instrumento muy valioso de relación internacional. Esta año viajó por motivos profesionales a Irán y a Japón.

Después de haber expuesto lo realizado por los ucranianos de pie de calle no podemos dejar de mencionar lo que han hecho empresarial y comercialmente lo realizado por determinados grupos económicos apoyados por la Embajada de Ucrania en Madrid. Muy de destacar es la acción del Salón Gourmet 2025 en el centro de exposiciones del IFEMA.

Salón Gourmet es un prestigioso espacio internacional que se hizo presente por tercera vez en la capital de España del 7 al 10 de abril de este año. Ucrania tuvo su stand y allí estuvieron Toristig, OLDI, REEVE, Veres, Malyatko, Olimp, Olis, Obolon y otros. Las muestras que ofrecieron formaron toda una fiesta de cultura gastronómica de primera categoría. Visitaron el stand ucraniano expertos e interesados de Europa, Asia, América del Norte, América Latina. Todos sin excepción se sintieron fascinados por la calidad de los productos de Ucrania. Destacaron las empresas Made in Ukraine S. L. y KLR Bus, ambas líderes en la promoción gastronómica.

LOS GRUPOS RELIGIOSOS CRISTIANOS

CAPÍTULO VIII

Los Grupos religiosos cristianos

Los grupos religiosos cristianos que hay en Ucrania son seis. Vamos a exponer sus nombres y características haciendo un recorrido de su situación siguiendo la geografía del país de oeste a este.

Los primeros que tenemos que nombrar son los católicos de rito latino. Son porcentualmente muy pocos. Es la adscripción religiosa a la que pertenecen los vecinos polacos. Forma cristiana por la que se caracterizan la inmensa mayoría de los católicos extendidos por todo el orbe.

A continuación vienen los católicos de rito griego o bizantino. Son fieles al papa al igual que los de rito latino. Recibieron de Roma en 1595 unos privilegios muy particulares como la utilización de la lengua vulgar en la liturgia (no permitida entonces en el rito latino) y la posibilidad de que los casados pudieran ordenarse. Así se evitó que fueran absorbidos por los ortodoxos de los que conservan rasgos muy parecidos en la celebración del culto.

Los que forman la Iglesia Autocéfala. Se extienden por el oeste y el centro de Ucrania. En sus orígenes dicha Iglesia recibía el apoyo del movimiento RUKH (nacionalismo ucranio) y de Moscú. En Moscú preferían que los de rito latino se pasasen a esta Iglesia más que a la católica de rito bizantino. Actualmente son de la Iglesia Autocéfala el 10% de la Iglesia Ortodoxa de Ucrania.

Los pertenecientes a la Iglesia Ortodoxa Patriarcado de Kiev, están bajo la jurisdicción de una patriarca diferente, el de Kiev. Se hallan mayoritariamente situados en el centro del país. Su primer patriarca llamado Filareto no fue reconocido como tal por las demás Iglesias Ortodoxas de Ucrania.

Los ortodoxos que obedeciendo al patriarca de Moscú cuentan con una particular autonomía. De esa forma organizan su propio concilio local, la asamblea episcopal y el sínodo propio. Tiene libertad de elección y consagración de sus obispos y de destinar al clero según el parecer de los jerarcas locales. Están situados en el Donbas (oeste) y en el sur.

La Iglesia Ortodoxa, Patriarcado de Moscú. Aunque haya algunos en Ucrania pertenecen a tal forma religiosa los rusos de Rusia. Están mayoritariamente tan fuera de Ucrania como los católicos polacos de rito latino. Lo vemos en el cuadro significativo que adjuntamos (8).

¿Qué podemos decir de los efectos de tal pluralidad? Por una parte que complica la construcción de llegar a obtener una unidad sólida y coherente. Pero por otra que el sentido ucraniano que tienen las cuatro Iglesias es profundo y a todas luces coincidente. Todas reafirman su ucranianidad.

Los Católicos de rito bizantino o greco católicos

El Imperio Romano durante mucho tiempo tuvo dos sedes. Una estaba en Roma y la otra en Bizancio. Dentro de la misma unidad tuvieron dos estilos culturales de actuación. Tan fuertes se hicieron dichos estilos que en el año 1054 se separaron y a partir de entonces los Imperios fueron dos, el Occidental y el Oriental. Fue, sin embargo, antes de esa división cuando los habitantes de los territorios ahora llamados ucranianos se convirtieron al cristianismo, a saber, en el año 988.

Poco después de la división de 1054 la capital del Imperio Oriental llamada Bizancio (la antigua Constantinopla), comenzó a sentirse políticamente muy débil oprimida por el Islam que la dominaba. Desde Moscú quisieron prestarles su apoyo. Pero para ello pidieron a cambio que Constantinopla les reconociese como Patriarcado. El Patriarca de Constantinopla aceptó el reconocimiento. Los Metropolitas de Kiev, sin embargo, no estuvieron de acuerdo con esa cesión. Y para mantener su independencia acudieron a Roma. El Papa de Roma, Clemente VIII, les recibió. El encuentro se plasmó en el acuerdo de Brest de 1594 que establecía la Unión y que fue anunciado al mundo por medio de una constitución apostólica (9). De ahí que recibieran el nombre de Uniatas conservado incluso en la actualidad. Un acuerdo que recogía en 33 artículos el conjunto de los derechos de los católicos bizantinos. Los no sometidos a la Ortodoxia de Moscú (10).

Los Ucranianos venidos a España y la cuestión religiosa

Terminada la Segunda Guerra Mundial hubo jóvenes miembros del ejército soviético que se encontraron en

Alemania, territorio a donde habían llegado las tropas al mando del mariscal Zukov conquistador de Berlín. No quisieron volver a Ucrania pues tras los cambios de frontera decididos en Potsdam y Yalta era zona comunista. De todos ellos algo así como unos 150 vinieron a España e hicieron la carrera universitaria en Madrid. Un buen grupo se hospedó en el Colegio Mayor Santiago Apóstol. Terminados los estudios bastantes de ellos marcharon al extranjero (Reino Unido, Estados Unidos ...etc). Quince sin embargo, se casaron con españolas formando familia aquí. De su asesoramiento espiritual se encargó un jesuita llamado el padre Santiago Morillo que residía en la casa profesa de la Compañía situada en la calle Serrano/Maldonado. Dirigía un boletín de periodicidad mensual llamado *Oriente Cristiano*. Algunos se establecieron fuera de Madrid pero la unión entre ellos se hizo tan íntima que acudían a la capital con motivo de las fiestas. El padre Morillo hizo para ellos una pequeña capilla bizantina y formó una biblioteca con libros eslavos. El sucesor de dicho padre Morillo en relación con los ucranianos fue el padre Segundo Benito. El archivo jesuítico de Alcalá de Henares guarda numerosos documentos muy iluminadores de aquel quehacer religioso (11). Y el archivo de la Universidad Complutense conserva abundantes escritos sobre la historia del Colegio Mayor Santiago Apóstol. En dicho colegio los domingos se celebraban dos misas. La colegial para los católicos españoles y latinoamericanos y la de rito bizantino para los ucranianos (12). Resultaba raro que el padre Benito fuera asesor religioso de un grupo greco católico perteneciendo él al rito latino. Para realizar la adaptación adecuada se marchó a Roma, al colegio Rusicum en donde estuvo dos años estudiando la teología, el derecho canónico y la liturgia propia del rito bizantino (13).

Otra oleada de emigrantes vinculados a la dimensión religiosa de los mismos se produce a partir de la caída de la Unión Soviética en el año 1990. La ruina económica se extiende por todas partes. A España llega un pequeño grupo ucraniano en el año 1997. Trabajan en la agricultura tal como hacían en su tierra. Las riberas del mar negro producen unas verduras y frutos agrícolas parecidos a los que aquí generan las tierras mediterráneas. Desde ese año 1997 el grupo ucraniano empieza a crecer. De Ucrania vino el sacerdote ya ordenado padre Iván Lypka, célibe, que se mantiene como capellán hasta el presente. Con el padre Iván hemos mantenido unos encuentros muy enriquecedores. Con tan creciente número de ucranianos, pudo celebrarse muy solemnemente en Madrid la misa de Navidad el 7 de enero de 1999. Fue en la Iglesia de San Cristóbal la conocida parroquia de los conductores en el barrio de viviendas del parque móvil. En dicha Iglesia tuvo lugar la primera misa en España de un sacerdote de rito greco católico. La del monje redentorista llamado Ihor Mykhaylishyn. A dicha Iglesia acudían a la misa aquellos antiguos alumnos de los que hablamos del Colegio Mayor Santiago Apóstol.

Esta hornada de ucranianos de rito bizantino creció vigorosamente desde los primeros años del siglo XXI. El padre Segundo movilizó al cardenal Antonio María Rouco Varela para que prestara al grupo una atención más decidida. Por medio de un decreto Mons. Rouco creó una Capellanía greco católica en Madrid (parroquia de Nuestra Señora del Buen Consejo), en el marco del Ordinariato para los fieles de rito oriental en España creado el 9 de junio de 2016. Luego se crearon capellanías en las diócesis sufragáneas. Una en Alcalá de Henares, en la Parroquia de la Virgen de Belén año 2005.

Es capellán el padre Volodimer, célibe, y otra en Getafe en la Parroquia de Santa Teresa de Jesús el año 2014. Capellán el padre Andry, muy joven, casado. También cerca de Madrid, pero fuera de la provincia eclesiástica se creó una Capellanía en la Parroquia de San Cipriano (Toledo). Como las otras dos, depende de la capellanía del Buen Consejo y es capellán el joven padre Taras.

En Madrid y provincia vendrá a haber cerca de 25.000 ucranianos de los cuales ocho o diez mil están en la capital. El padre Iván Lypca cree que todos ellos están bautizados pero se apuntan al grupo de los que se llaman a sí mismos "creyentes no practicantes". A pesar de ello la Iglesia que es muy grande se llena por completo. Algunos domingos que he ido a misa allí me ha sorprendido la cantidad de billetes que depositan los fieles en la bandeja. Por la capellanía sobre todo en los días solemnes como el de Navidad suelen pasar como unas 2000 personas.

Los ucranianos vinculados a la Catedral Ortodoxa Griega

La Catedral Ortodoxa Griega de Madrid está dedicada a los santos Andrés y Demetrio. El templo fue inaugurado en 1973 y tiene status de catedral desde el año 2006. Está vinculada a la Iglesia Ortodoxa de Constantinopla. Es de estilo bizantino con torre campanario. El Rector es el metropolita Bessarion con jurisdicción sobre España y Portugal. Se halla en la calle Nicaragua.

Dicha catedral estaba destinada a celebrar el culto para los ortodoxos dependientes del Patriarcado de Constantinopla, por consiguiente siempre en lengua griega. Pero cuando aumentó mucho en Madrid el número de ucranianos se estableció la celebración de la misa también en ucraniano. En la actualidad la misa en griego es a las nueve de la mañana y la misa en ucraniano a las doce.

Hace poco ha habido un acercamiento entre la Iglesia Católica Romana y la Iglesia Ortodoxa Griega. Me refiero a la celebración de las fechas de la Navidad. Durante numerosos siglos para toda la Ortodoxia la Navidad se hacía coincidir con la Epifanía (la manifestación de Jesús a toda la Humanidad representada por los Magos). La Noche Buena para los ortodoxos era la noche del día 6 de enero y el día de Navidad se conmemoraba el día 7. Pero a partir del pasado uno de septiembre los ortodoxos de Constantinopla (no así los de Moscú) acomodaron sus fechas a las de todos los católicos del mundo. Esta unificación de fechas queda limitada a la Navidad. No abarca la Semana Santa y la Pascua.

El capellán celebrante de la misa en ucraniano en la catedral ortodoxa griega, se llama Konstyantyn Trachuk. Está casado y tiene dos hijos. Es soldador de profesión. Trabaja en una empresa madrileña pero que construye ahora un edificio en Valencia. Por ello su trabajo de soldador lo realiza en la ciudad del Turia de lunes a viernes. Los fines de semana está en Madrid y celebra la misa en la catedral griega. Debido a su premura de tiempo no pudo atenderme bien y nombró a otros para poder dialogar conmigo. Un varón, Mykaylo Tomey. Y una mujer, Olga Ledo vice presidenta de la Asociación Unimos Corazones que vive en en el entorno de Madrid. He coincidido con ella en diversas ocasiones. Hablaremos de su vida y de su producción literaria en el capítulo correspondiente.

La catedral ortodoxa griega es preciosa. Las paredes que suben hasta la misma cúpula y el mismo pináculo rememoran el estilo ortodoxo. Los iconos llaman al fiel a acercarse a Dios con una espiritualidad francamente solemne. Así son los ornamentos del celebrante y de los acompañantes que de cuando en cuando procesionan por el lugar de los fieles que se retiran a su paso. Las candelas y el incienso son muestra de un ornato siempre vivo. El turíbulo no es silencioso sino sonoro pues lleva campanillas que repican al menor movimiento.

La comunión es precedida de una preparación humilde en posición de rodillas e individual con el preste colocando en paño en la cabeza del fiel o de la fiel. Luego se comulga con las dos especies. El pan se halla en el cáliz de donde es extraído con un poco de vino para ser depositado en la boca del receptor de la eucaristía.

A lo largo de toda la ceremonia los fieles no dejan de cantar. El coro tiene una importancia primordial. Me resultó tan atractivo que me acerqué a quienes lo formaban y después de la misa seis mujeres cantoras me invitaron a comer en una bar. Parte de la comida fue del bar y la otra parte la traían de sus casas. Qué bueno estaba todo. ¿Quiénes eran ellas?

A la primera a la que conocí fue a Daría Senkiy. Su pueblo se llama Ralibka y pertenece al oblast de Lviv, la capital de Galitzia. Ralibka está a unos 15 kilómetros de la frontera polaca.

Daría hace 27 años que reside en España. Dejándose en su país al marido y a los hijos se vino para España. Al cabo de un tiempo vino su marido. Y un poco más de tiempo después se hicieron presentes sus hijos. Hija e hijo que tienen trabajo en Madrid.

Nadiya Papluk. Tiene 43 años. Hace 17 que está en España. Vino con su hijo por necesidad de trabajar.

Svitlana Vodoschuk hace seis años que está en España. Como todas las demás de las que estoy escribiendo vino para trabajar. Se casó con un español. Su hija nació en España y ahora tiene un nieto de seis meses.

Nadya Trush. Vino por trabajo. Ha pasado ya 14 años en España.

Halyna Hanya. Antes de venirse para España trabajó en Ucrania en correos. Uno de los trabajos que realizó en España tuvo lugar en una empresa de Arganda del Rey. Lleva 23 años en España. Su hijo, casado aquí, le dio un nieto que ahora tiene 15 años.

Anastasiya Shafarava. Es el caso geográficamente más original y curioso de todas las cantoras de la catedral griega de las que hablo aquí. Nació en Bakú, la capital de Azerbayán. Es bastante joven. Su padre falleció y su madre vive en Moscú. Ella pasó dos años en Jarkov (Ucrania) como enfermera voluntaria y diez en Portugal.

Los vinculados a la Catedral Ortodoxa Rusa

Hablamos de la Catedral Ortodoxa (Patriarcado de Moscú) de Madrid dedicada a Santa María Magdalena. Fue construida en 1913 tras la entrega del solar por el ayuntamiento de la capital. Obtuvo el título de catedral el año 1919. Tiene varias cúpulas elevadas sobre torreones de color blanco.

La Eucaristía se celebra todos los domingos. En la celebración de los oficios se utiliza el eslavo eclesiástico que es parecido al ruso. Como acuden personas que no son rusas, además del ruso se utiliza el castellano idioma normalmente entendido por todos. La dirección es: Gran Vía de Hortaleza.

La construcción del edificio fue financiada por empresas rusas y también por alguna empresa española. En una dependencia interior hay referencias fotográficas a diversas entidades mercantiles que hicieron donativos. Destacan la empresa de ferrocarriles de Rusia y la española Talgo.

La Catedral y la diócesis están subordinadas al Metropolita que reside en París y cubre con su autoridad diversos países de Europa y de cuando en cuando viene a Madrid. Y encima de él solo está el Patriarca de Moscú.

Entre el grupo de sacerdotes (no infrecuentemente se les suele llamar popes), de la catedral destaca hablando para el público, el padre Andrei. Me dice que su abuelo fue uno de aquellos niños españoles que fueron llevados a Rusia durante nuestra guerra civil. Muchos de ellos se quedaron allí. Otros volvieron a España, al puerto de Barcelona, en un barco llamado Semíramis durante la primavera del año 1954. Yo tenía entonces 16 años. En el colegio nos dieron permiso para acudir a formar parte del espectáculo. Mis dos amigos y yo lo presenciamos desde una barquita alquilada.

La explicación de la visita guiada nos la da Rafael de Sousa. Tomo los datos de mayor interés para el lector. A lo largo de la visita, el guía nos muestra ser una persona muy cualificada. Hizo estudios en la Universidad de San Dámaso centro superior de estudios dependiente de la archidiócesis de Madrid.

La catedral cuenta con una importante autocefalia. El templo tiene cinco cúpulas: cuatro laterales que representan a los cuatro evangelistas. Y una central que es Cristo. Las cúpulas son rusas, es decir, están hechas de acuerdo al estilo de Moscú. Con forma de cebolla para hacer que la nieve tan abundante en aquella geografía no caiga al suelo. No están hechas de la misma manera las cúpulas griegas porque Grecia es un país en donde prácticamente no nieva.

En el centro del templo siempre está presente un atril para presentar al pueblo fervoroso el icono que recibe las reverencia de los fieles. No es lo mismo que en el templo católico en donde las genuflexiones se hacen delante del Santísimo Sacramento.

El tiempo litúrgico varía con respecto a las celebraciones religiosas del catolicismo. En el patriarcado ruso (y hasta ahora también en el griego), la Navidad se celebra el 6 de enero. No el 25 de diciembre. Es lo propio del calendario Juliano distinto del calendario Gregoriano.

Tanto los sacerdotes como los fieles rezan mirando al oriente que es donde nace el sol. Se ensalza a Jesús y a su madre María que muestra también su cuerpo resucitado. La virginidad de María se exalta colocando a San José menos cerca de la Virgen que en las representaciones artísticas de los católicos.

Desde la nave el pueblo fiel no ve el altar salvo cuando se abre la puerta. Una puerta normalmente cerrada, el Iconostasio, en donde figura la Anunciación. Al altar solo pueden pasar los ministros ordenados y quienes les ayudan, es decir, los acólitos.

La máxima autoridad de la Iglesia según la Ortodoxia es el Concilio. La única cabeza es Cristo. No existe una figura de tanta preeminencia y poder como es el Papa en la Iglesia Católica. El Patriarca es el pastor supremo de la Iglesia local.

El padre ucraniano Andrei Medina ejerce de sacerdote en la Catedral Ortodoxa Rusa de Madrid. La característica más importante de su personalidad y que puede interesar a los españoles es que su abuelo formó parte de aquel grupo de chicos españoles que fueron llevados a Rusia al final de la guerra civil. La marcha obligada de su abuelo tuvo lugar en el año 1939. Su hijo nació en Ucrania y su nieto es natural de Kiev. Vino a España hace algo así como unos 20 años.

¿Qué eran entonces los ortodoxos rusos en Madrid? En torno al año 2001 formaban una pequeña comunidad que tenía su culto en una casa particular. Luego pasaron a un templo católico en donde fueron acogidos. Y más adelante a un local propio, después a otro y finalmente a otro. Tres en total. Hasta que se construyó la catedral ortodoxa rusa.

Los pocos ucranianos que había entonces en Madrid iban a la catedral rusa. Cuando llegaron más por causa de la situación bélica se apuntaron a acudir al culto de la catedral griega en donde siguen actualmente. Los que se quedaron en la catedral rusa no fueron demasiado numerosos.

El padre Andrei. Vino a España en el 2001. Se casó con una ucraniana. La boda no la celebraron en España sino que para la celebración del casamiento se fueron a Ucrania. Tuvo lugar en el año 2003. Una vez casado Andrei se ordenó y fue desde entonces el padre Andrei. Entre los ortodoxos y los greco católicos la ordenación del casado debe tener lugar después de estar casado. Si se ordena siendo célibe ya no se puede casar. El matrimonio ha tenido cinco hijos. Y, como es lógico conservan el mismo apellido que el abuelo se llevó de España, es decir, Medina.

LOS GRUPOS RELIGIOSOS NO CRISTIANOS

CAPÍTULO IX

Los Grupos religiosos no cristianos

A) -. LOS TESTIGOS DE JEHOVÁ

Son los Testigos de Jehová un grupo religioso que realiza sus actividades en España como en muchos otros países y que ha prestado y presta atención a los ucranianos exiliados de su país por causa de la guerra iniciada el 24 de febrero del 2022.

La acción religiosa de los Testigos de Jehová consiste primordialmente en la difusión de la Biblia. Es la palabra de Dios emitida al mundo por el creador de todo, que debe difundirse, por medio de traducciones, hasta llegar a todos los rincones del género humano. Dicha difusión supone un gran esfuerzo y en el mencionado empeño se han implicado con todo su cuerpo y toda su alma los Testigos de Jehová.

En el mundo hay como unos nueve millones de Testigos de Jehová. Junto a ellos se agrupan como unos veinte millones de simpatizantes. De todos ellos salen importantes donaciones para la construcción y marcha de las instituciones y la realización de las actividades

Hay un lugar en España en donde la acción de los Testigos de Jehová adquiere una dimensión muy llena de contenido y de originalidad. Dicho lugar es Ajalvir pueblo de no muy grandes dimensiones situado en la provincia de Madrid a muy pocos kilómetros de Torrejón de Ardoz.

Se compraron, en condiciones favorables, los edificios de una empresa que se hallaba en situación de quiebra. Al edificio más importante se le adjuntaron después otros con los que resultaba necesario contar. La parte de jardín y de campo es muy espaciosa. Se han construido viviendas prefabricadas para el personal que trabaja.

Un grupo de los idiomas a traducir es el Braile. Y otro la Lengua de Signos. El Braile tiene tantas construcciones lingüísticas como idiomas pueda haber en la Humanidad. Y la Lengua de los Signos algo parecido. Para la realización de su cometido, los Testigos de Jehová tienen en Ajalvir numerosos lugares de trabajo, oficinas y despachos. La página oficial de los Testigos de Jehová se publica en 1.097 idiomas. En todos ellos se consulta.

Existen unos idiomas esparcidos por el mundo destinados a ser utilizados solamente por grupos reducidos de personas a los que también interesa que la Biblia se traduzca. Dichos idiomas responden a la nomenclatura de Braile. Se individualizan en razón de cada uno de ellos existente. Hay braile español, braile inglés, braile chino, braile chichewa de Malawi. Los destinados a utilizarlo son los invidentes. El desarrollo y las traducciones a tales idiomas supone prestar grandísima atención a los discapacitados ciegos. Ellos necesitan conocerlo. Tienen derecho a dominarlo. La central de la organización de dicha actividad está en Warwik (New Jersey).

En varias partes del mundo se trabaja sobre sesenta idiomas. En Ajalvir se presta atención a treinta. En veinte se ha concluido el trabajo de traducción inicial. Los diez restantes están en proceso. En las oficinas, todas ellas modernas, con aparatos de ayuda de alto nivel, trabajan unas cuarenta personas. Dedicadas solo al braile hay 35 especialistas. Hay además, oficinas remotas en las que se trabaja también en conexión con el centro de Ajalvir. El ucraniano entró a formar parte de su nivel de braile el 4 de octubre de 2024. En la propia Ucrania se había comenzado algo antes aunque de una forma modesta. Actualmente la sede nacional del ucraniano braile se halla en un pueblo de Ucrania cerca de la frontera de Polonia.

El trabajo realizado en España se manda en archivos a las diversas centrales existentes en el mundo. A saber: USA, Alemania, Brasil, Sudáfrica. Nada de lo que se envía se vende. Se trata de un trabajo invendible. Todo se sufraga por donaciones voluntarias.

El trabajo de impresión se realiza en imprentas propias. Hay en concreto tres en el mundo: en Alemania, en Corea y en Estados Unidos. También hay algunos trabajos aunque de menor volumen que se realizan en Sudáfrica. Los trabajos de Ajalvir van a imprenta en Alemania.

Son dos millones y medio de personas las que leen braile en español. A partir del español se traduce a muchas lenguas indígenas. El español se ha convertido en lengua fuente. La biblioteca española es variadísima. Hay algo así como unas 400 versiones bíblicas en español. La versión matriz es la que se conoce con el nombre de Reina Valeria. Es decir, a partir del nombre unido de dos nombres: Casiulado de Reina y Cipriano Valeria. Ellos dieron luz a la llamada Biblia de Oro en el siglo

XVI, es decir en concreto, en el año 1569. La financiación se realiza por medio de donaciones voluntarias y anónimas.

Lengua de Signos

La actividad de la lengua de signos cuenta con departamento propio. Está situado en la parte alta del edificio. Me acompañan en la visita Pedro y Perla. Son cinco los estudios existentes: dos de ellos, grandes y tres, pequeños. En total, cinco equipos formando un conjunto de entre 20 y 30 personas. Hay además colaboradores desde casa.

En España viene a haber como un millón de sordos. Utilizan la lengua de signos unos 265.000 sordos. Para los hipoacúsicos se traduce también aquí.

La lengua de signos no es lengua universal. Cada país necesita su lengua de signos. No puede haber una lengua universal. Es cierto que existe también una lengua internacional pero su uso queda limitado al nivel científico de los Congresos y de las personas altamente cualificadas. En España hay dos lenguas de signos oficiales: la castellana y la catalana. En otros países como lengua oficial de signos solo vale la del país. Actualmente la página que hay aquí se traduce a 106 lenguas de signos. La traducción se realiza en grupo de tres personas de las cuales una de ellas siempre es sorda.

La realización y el montaje de un vídeo suele llevar largo tiempo. Es necesario dedicarle varias sesiones. Como debido a su trabajo necesita aparecer en pantalla siempre con la misma ropa, debe tener doble juego de piezas iguales para tener tiempo de lavarlas y secarlas.

El montaje de un vídeo debe hacerse en el sitio en donde se habla la lengua en cuestión. La necesidad de adaptación lo exige. Un vídeo ucraniano por cierto tiene que hacerse en

Ucrania. No puede hacerse aquí. Existe además otro motivo. Las donaciones son más eficaces si se piden y se reciben en el lugar propio de la realización de las piezas de lenguas de signos.

La Acción de protección a los exiliados ucranianos con motivo de la guerra iniciada el 24 de febrero de 2022

Terminada la visita a las instalaciones de Ajalvír, los organizadores de la visita me reunieron en torno a una amplia mesa redonda con varias personas tanto de etnia rusa como ucraniana llegadas de Ucrania a raíz de la guerra originada por Rusia en febrero del 2022.

Las características que han aparecido en la exposición realizada sobre los testigos de Jehová explican la manera de atender a los ucranianos desplazados. Dichas características son: 1 -. sentido comunitario y aislamiento. 2 -. exactitud, orden y perfección técnica.

En la reunión percibí cómo la necesidad de proteger a los necesitados se deriva del sentido comunitario tan poderoso y profundo que existe en la organización. Para que me persuadiera de esto que gloso ahora, tuvieron a bien mis anfitriones de entregarme unos folletos en los que se destaca este aspecto. Son unos folletos muy bien editados por el Departamento de Información Pública. El dosier informativo dice: "Una acogida única para los refugiados de Ucrania". Allí se muestra el programa de ayuda que existe para aplicar en situaciones de emergencia. Se habla también de la recepción de refugiados realizada por los comités de socorro con ayuda práctica e inmediata en aeropuertos, estaciones de trenes y autobuses, pasos fronterizos de entrada en España. Se cita el alojamiento, la comida, la ropa, el asesoramiento. Y también se menciona de una forma extraordinariamente persuasiva la ayuda espiritual y emocional para quienes sufren un dramático desarraigo como el que han vivido.

Uno de los que se volcaron en salir a buscar ucranianos en exilio fue José Luis Gradilla, presente en la reunión. La primera noticia de la guerra la recibió por la televisión. Poco tiempo después por medio de la institución Testigos de Jehová. Venían a España miembros de la institución Testigos que eran ucranianos o bien de otras nacionalidades residentes en Ucrania. Algunos pasaban por España como medio para llegar a otros países como pudieran ser Portugal o Canadá. La mayoría de las veces venían por sí solos. Respondían al efecto llamada. El gobierno de España no había montado todavía nada de carácter sólido y permanente.

Se les recogía acudiendo al aeropuerto con carteles que indicaban ser miembros de Testigos de Jehová. Y recogían a Testigos y también a no testigos. Se tendía muy buen relación con la inspectora jefa de fronteras. Se les albergaba en familias particulares.

Cuando se formó CREADE (Centro de Recepción, Atención y Derivación en favor de los Ucranianos) se acudió a ellos para solicitar sus servicios. El equipo de apoyo les prestaba una importante atención. En el Creade se quedaban 3 ó 4 días. Había allí como un pequeño hotelito. Luego iban a familias. Algunos llegaron a formar una residencia colectiva. Era una persona de testigos quienes contactaba con ellos y les conducía en la búsqueda de albergue y de trabajo.

Los Testigos de Jehová están divididos territorialmente en Congregaciones. Decir por ejemplo, Congregación Madrid/Rusa significa decir Comunidad local Madrid/Rusa. Todos los Testigos de Jehová de España están divididos en 1380 comunidades. Es decir, 1380 congregaciones territoriales. Congregación no tiene significado religioso. Entran aquí las comunidades de habla china, francesa, alemana, rumana, de lengua de signos. Entre todas dichas divisiones territoriales se encuentran los 631 lugares de culto. No hace mucho nacieron tres grupos de habla ucraniana. A saber: Madrid, Barcelona y Málaga. Los miembros que tienen entre los tres son 114. El reconocimiento étnico no tiene dimensión religiosa. Dichos lugares de culto están divididos en Salones del Reino. Es una división que se denomina así a partir del Reino de Dios.

En la reunión final tuve la suerte de relacionarme con una pareja en la que uno de los miembros era ruso y el otro ucraniano. No tenía ninguna importancia el que fueran de distinta etnia. Lo que vale de verdad es la persona.

Estaba también presente en la reunión Lev Kulakov. Es de origen ruso. Salió de Rusia en el año 2018. Los Testigos están prohibidos por la ley rusa. En España se estableció en Vitoria Gasteiz. Allí era en donde trabajaba. Ejercía de traductor. Cuando tras la guerra de febrero de 2022 empezaron a llegar refugiados de Ucrania prestó toda la ayuda que pudo. Hubo ucranianos de toda Europa que llegaron a España. Algunos Salones del Reino fueron destinados a almacenes de alimentos, de ropa y de juguetes. De forma previa a la ayuda del gobierno se les ofreció viviendas para albergarles aunque no se tenía todavía acerca de ellos ningún conocimiento.

Está también presente en la reunión Victoria (en diminutivo Vica). Vino a España desde Ucrania con su madre y su hermano. Los tres se establecieron en Málaga. De allí ellos regresaron a Ucrania y ella vino a Madrid. Su marido es ruso. No ha acudido a la reunión por hallarse algo enfermo. Se destaca que con frecuencia la ayuda que se les da es emocional y psicológica. En ocasiones en lugar de juguetes se entrega a los niños instrumentos musicales. Hubo entre los que llegaron de la guerra familias mixtas. En el proceso de acogida participaron numerosos testigos de Jehová de etnia rusa.

Una de las ayudas más importantes que se les ofreció a los recién llegados fue darles clases de español. Ello les dejó una huella tremenda. Resultaba una forma más fácil y eficaz de ayudar a los ucranianos.

B) -. HARE CHRISNA

Transmito los datos recibidos muy atentamente por Suawi Jadunardona miembro de dicha organización religiosa que conoce bien lo sucedido con los ucranianos venidos a España huyendo de la guerra iniciada el 24 de febrero de 2022. En Madrid el principal edificio religioso está situado en la calle Espíritu Santo. Tiene unas pinturas bastante atractivas. Llaman la atención por su originalidad.

Suawi nos dice que por los datos que tiene calcula que los devotos del Hare Krisna, los vaishnavas, venidos a España a los diversos centros que la organización tiene a lo largo y ancho de nuestro país son más de cincuenta pero sin rebasar el centenar. Hay una compañera Aina, miembro del Hare Krisna que vive en España desde hace bastantes años y que resultó ser un buen enlace y apoyo para los desplazados llegados a nuestra tierra. Está casada con un español y los hijos que tienen son españoles. Tiene muy buen trabajo como traductora. Traduce para el gobierno y el ejército. Se mueve a muy buen nivel profesional. Ayudó mucho a los devotos que querían venir huyendo de la guerra. Se les acogió en los diversos centros de la organización en España aunque es cierto que el número de comunidades no es tan grande como el que sería necesario para albergar a todos los que lo deseaban. A veces si no se puede darles vivienda se les da una habitación. En ocasiones por lo menos se les daba la comida. Frecuentemente iban a comer al templo en donde al menos recibían una bandeja de prasadam (samosas dulces). Siempre se les daba algún tipo de ayuda.

Un buen lugar de atención es la finca que la comunidad tiene en Brihuega (Guadalajara). Allí permanecieron diversas familias algún tiempo. Son habitaciones que normalmente están destinadas para los visitantes. Ellos querían conseguir sobre todo estabilidad. No pocos se fueron de España porque se enteraron que las ayudas que se les ofrecía en Alemania, en Bélgica o incluso en Inglaterra eran superiores a las que podían recibir aquí. Otro factor para dejar España fue el que tuvieran familia o amistades en otros países de Europa. Hay que tener en cuenta que la comunidad de Brihuega estaba situada en un pueblo bastante pequeño y no podía ser ámbito de un trabajo que les fuera demasiado grato tanto en calidad como en remuneración. De Brihuega pasaban principalmente a Madrid aunque también a otros lugares. La mayoría de los acogidos eran madres con niños. Al marido no se le había dejado salir por causa de la guerra. En Málaga Hare Krisna tiene un espacio en donde los llegados de Ucrania podían pernoctar.

La compañera Irina de la que nuestro interlocutor nos habló ayudó mucho a refugiados a buscar y encontrar trabajo. Hizo una labor de coordinación muy buena.

Los que vinieron mostraron gran agradecimiento por todo lo que se les dio. En Brihuega hubieran podido quedarse todo el tiempo que hubieran querido. Otra comunidad conocida es la que existe en Solórzano (Cantabria). No fueron pocos los que a partir de la ayuda religiosa recibida se buscaban otra mejor entre por ejemplo las que ofrecía el gobierno. La autonomía era una característica a obtener muy deseada. Un buen grupo de ucranianos de Hare Krisna pasaron a Canarias en donde hay varias comunidades. Allí los que acudían recibían impulso tanto comunitario como espiritual.

También se abrieron puertas a los hare khrisnas llegados a España hacia Europa. Irina aportó mucho para que las características del desplazamiento se convirtieran en realidades apetecibles.

Al estudiar la ayuda que la organización Hare Chrisna ha prestado a los ucranianos huidos de la guerra, tenemos que decir que hemos encontrado tres destacados motores. El primero de ellos la fe religiosa. Fe en el ser superior Sri Krisna que tiene poder para solucionar los problemas, para hacer sonar Su flauta cuando Sus devotos lo necesitan. El segundo, la conciencia de vivir entre hermanos que se quieren muchísimo y se entregan mutuamente unos a otros. En un artículo escrito por Irina se habla de un matrimonio, Serhiy y Natasha, llegados a España con cuatro de sus hijos, que rechazan excelentes ofertas materiales que se les ofrecen como una mansión en Extremadura, un caserío en el País Vasco, un piso independiente en Toledo. Lo que ellos querían era un lugar con devotos. Hasta que no estuvieron entre devotos no descansaron. Cuando los devotos estaban cerca, se decía que Sri Krsna había cumplido su deseo. Y cuando en un determinado momento, como sucedió tras una estancia en Zaragoza, tuvieron que abandonarles, Natasha no dejaba ni por un momento de derramar lágrimas. El tercer motor es el Templo, el ashram. Un lugar de acogida muy entrañable. Recibían alimento, pasaban la noche, permanecían todo el tiempo que fuera menester. Eso sucedió en Nueva Vrajamandala, en el Templo de Barcelona, en Nanda Gram (Riaño, Santander), en Málaga, en Santillana del Mar.

Con tan eficaces motores el grupo Hare Krisna fue capaz de alojar y gestionar la llegada de unos 80 vaishnavas. Y junto a ellos se prestó también atención a cerca de 50 personas que no eran vaishnavas pero que tenían gran necesidad como huidos de guerra que eran.

Una interlocutora que tuve adquirió conocimiento de los Hare Krisna por haber visitado el centro que tienen en Brihuega (Guadalajara) en donde reciben a gente para recuperarse de una enfermedad pasando un periodo de convalecencia. El conocimiento al que nos hemos referido no es, como fácilmente puede verse, demasiado profundo. Hubo sin embargo en la historia personal de la mencionada persona una oportunidad para saber de los Hare Krisna mucho más íntimo, algo que le hizo experimentar una diferencias muy notables con los miembros de dicha creencia.

No son pocas las familias que han recibido en su casa a desplazados ucranianos. En ocasiones han solido aparecer diferencias en el trato cotidiano. A veces incluso se han producido distancias considerables.

Concretemos algunos aspectos:

1 -. La concepción del alimento como medio de vida.

Para uno de nosotros, occidentales de civilización y para la mayoría de los miembros de las civilizaciones que pueblan el mundo el alimento forma parte del orden establecido en una familia. Se compone de desayuno, comida y cena. Las variantes que suele haber con respecto a los tres horarios de ingerir los alimentos son secundarias. Lo normal es ingerir los alimentos de forma comunitaria y aprovecharse de ellos para profundizar en la relación interpersonal. Ello supone respetar los horarios, acomodarse a los gustos, establecer una mutua colaboración y dignificar el acompañamiento. La celebración de fiestas o aniversarios supone cambiar los manjares llevándolos al nivel de lo exquisito.

Nada de lo que acabamos de decir aquí tiene lugar en la familia del Hare Krisna. El alimento no tiene ni importancia ni dimensión social. Cada uno come cuando quiere, como quiere y lo que quiere. Es un puro medio para conservarse vivo. Y nada más. Por ello no sirve para organizar la vida del grupo humano.

2 -. Las clases de alimentos.

Las clases de alimentos, en relación con los que tomamos nosotros son muy distintos. Los Hare Krisna no pueden tomar nada que fermente en el estómago. Nada de lácteos, ni legumbres, ni ajos. Ninguna lechuga que genere gases. Ni carne ni pescado, ni huevos. Los miembros de la citada confesión tienen una alimentación que es totalmente opuesta a la nuestra que normalmente solemos llamar mediterránea. Bien puede decirse que es una comida bastante insana. Las familias ucranianas, miembros del Hare Chrisna, llegadas a las viviendas madrileñas y españolas en general, no parecían estar muy sanas. Una madre de familia española me contó que en el mes que estuvieron en su casa, llevó al hospital más veces a los hijos de la madre ucraniana que a los suyos propios en catorce años. Todo tipo de medicación la consideran prohibida. La rotura de un hueso debida a un golpe o a una caída no se controlaba por medio de analgésicos. Había que sobrellevarla soportando el dolor. Son convicciones con repercusiones prácticas que originan una fuerte fricción en la relación del día a día.

3 -. La incapacidad de tomar decisiones.

Es algo que suele percibirse de manera muy clara en la mujer. Las madres suelen dejar totalmente libres las riendas de la orientación y la conducta de sus hijos. Más bien podríamos decir, abandonadas. Suelen dar la sensación de estar deprimidas. Pero cuando se profundiza más se ve que lo que ocurre es que no desean tomar ninguna decisión. Con respecto al marido la mujer parece hallarse siempre anulada.

4 -. El trabajo y el empleo del tiempo.

Los domingos por la mañana las madres ucranianas del Hare Krisna se ausentan pronto del domicilio y acuden al templo Hare Krisna de la calle Espíritu Santo para dar de comer a los pobres. Esa es para ellas su obligación fundamental. No solo a los pobres de su confesión sino a todo el mundo que tuviese necesidad. Entregan comida a la gente en la calle. Pasan el día bailando sin preocuparse de buscar un trabajo que dignifique su vida. Repiten sin cesar la expresión Hare Krisna. En lugar de preocuparse de los hijos, cantan. En lugar de hablar a los hijos, cantan. En lugar de hablar de los hijos, cantan también. Recitan 16 vueltas diarias al yapa - mala lo que equivale a 1728 veces el mantra "Hare Krishna". A las madres españolas tal forma de actuar les parece una irresponsabilidad fundamental.

ATENCIÓN A LA ENFERMEDAD Y A LA ORFANDAD

CAPÍTULO X

Atención a la Enfermedad y a la Orfandad

La ciudad de los 25.000 habitantes de la que hablamos, por las circunstancias de su formación, tiene un porcentaje de enfermos más bien elevado. Y un número de huérfanos más elevado todavía. Ello ha sido debido a que Madrid y su territorio vecino atrae - en tiempos de guerra en Ucrania - enfermos y huérfanos. Enfermos para curar y huérfanos para atender.

Nos atrae mucho ofrecer en primer lugar la historia de una niña cuya madre para conseguir la sanidad de la enfermedad neurológica de Zlata vino a parar a Toledo.

Mariana Synitovych a sus 38 años, vivía en una ciudad de Ucrania no muy lejos de Kiev, Ivano - Frankivsk, aunque había nacido en Hmelnytskyy. Era profesora de inglés y el puesto que tenía de trabajo era bueno. Contaba también con alguna propiedad. Madre soltera, vivía con su hija, Zlatoslava Synitovych, de 7 años, que había sido afectada por un ictus cerebral llegado de repente. Llama la atención que siendo dicha enfermedad

propia de personas mayores apareciese en una niña tan pequeña como la hija de Mariana. La madre pensó en volcarse en su
hija de la manera más amorosa y eficaz que pudiera. Cada dos
o tres meses la llevaba a Odessa a un centro en donde eran tra-
tados niños con problemas neurológicos. Como para Mariana
ello no era suficiente pensó en trasladarse a vivir a Polonia.
Quería estar más bien cerca de Ucrania dado que pensaba,
como muchos otros, que la guerra terminaría pronto.

En Ucrania existían dos centros muy importantes para
niños con problemas como el de Zlatoslava. Uno era el de
Odessa antes mencionado. Estaba especializado en enfermedades neurológicas. Un sanatorio especializado para niños llamado Khajibey situado en los alrededores de Odessa: Moh de
Ucrania. Quedó totalmente destruido en el invierno del 2023
por las bombas de la guerra.

Otro era el de Kiev (Okhmatdyt) situado cerca de la estación. Un hospital infantil general al que acudían niños de toda
Ucrania afectados por muy variados tipos de enfermedades.
Quedó destruido por las bombas el 8 de julio de 2022. Los
seis edificios fueron demolidos del todo, incluso el centro car-
díaco. Su reconstrucción será muy difícil.

Cuando nos cuenta lo dicho, Mariana se estremece y llora. Era impensable que los rusos pudieran bombardear unos
centros sanitarios que ofrecían a los niños un servicio tan vital
y necesario. Mariana nos describe las características tan valiosas de los doctores y del personal sanitario que ella conocía.
Había allí niños con cáncer que no podían caminar. Quedaron
atrapados y destruidos por la fuerza destructiva de las armas.
Qué disparate tan terrible el de aquellos bombardeos.

Mariana tenía una amiga ucraniana adquirida en la escuela desde la más tierna niñez. Hacía veinte años que vivía en

España, con su marido, también ucraniano, y sus cuatro hijos ya nacidos aquí. La localidad en la que habitaban era Bargas, situada cerca de Toledo. Le comunicó que en Toledo existía un centro de Parapléjicos que tenía mucho prestigio y que si su hija era tratada allí de su enfermedad se encontraría sanitariamente muy mejorada.

Tras pensarlo bien, tomó la decisión. Se fue con su hija a Polonia en autobús y de allí a Madrid en avión con billetes facilitados por su amiga que, con su marido, les fue a recoger al aeropuerto. En Toledo se acomodaron en un conjunto residencial de la misma ciudad llamado Valparaíso. Fue una familia la que les acogió. Les ayudó a tener bien preparados los papeles. También les facilitaron apoyo y dirección dos Organizaciones. La primera era Accem. La segunda Movimiento por la Paz.

De esa forma obtuvo su primer trabajo en la ciudad imperial. El idioma inglés ayuda a Mariana a encontrar un puesto en un restaurante aunque al principio los trabajos fueron modestos. La niña en el colegio encuentra algunos compañeros ucranianos que tienen diferentes edades.

A pesar de ello, Mariana piensa en sus amigos de Alemania. Y Zlata, quiere volver a Ucrania. No es, sin embargo, posible. Su gran problema es la discapacidad física. El post ictus lleva consigo una parálisis de parte del cuerpo. Zlata no puede mover su derecha corporal: brazo y pierna. Camina muy despacito. Le da vergüenza ir en silla de ruedas. Le resulta muy difícil moverse por Toledo. Ha de hacer esfuerzos constantes para acostumbrarse. El centro de Parapléjicos de Toledo realiza una gran labor. Cuenta con mucha fama. En Ucrania, debido a la lejanía, no es conocido. A Madrid va para tener reconocimiento clínico en el Hospital del Niño Jesús. A veces tiene que ir a la Embajada a solucionar algún problema. Los días de fiesta salen con sus amigo ucranianos que pasean por la ciudad con sus cuatro hijos.

Es un proceso lento el de la adaptación. Los psicólogos quieren ayudarla pero tropiezan con la barrera del idioma. La evolución ha hecho que el último año sea el mejor. Los profesores alaban a la niña por las tareas que realiza.

Mariana tiene que vencer sus sentimientos que le llevan a su país. Pero debe estar aquí. Su hija es su vida. Como persona religiosa que es piensa que somos instrumentos en manos de Dios. El primer instrumento fue su amiga que le dio a conocer el centro de Toledo. Ha encontrado trabajo ayudando a familias. A los niños les ayuda con el inglés. Ahora está buscando mejorar su contrato de trabajo. Conseguir un contrato más seguro. Ya ha llegado a dominar muy bien el español. En el mes de abril hará tres años que llegaron.

No nos basta, sin embargo, con un ejemplo individual. Acudamos a un ejemplo colectivo.

Fue Francisco Arango quien en el año 2005 puso en marcha la Fundación Aladina. Una fundación que en estos veinte años ha estado ayudando a niños y adolescentes enfermos de cáncer.

En marzo del año 2022 teniendo conocimiento de que, tras la invasión rusa de Ucrania había niños con cáncer que no se encontraban suficientemente protegidos, decidió acudir en favor de ellos. El primer contacto con ellos lo tuvo Aladina por medio del hospital Saint Jude que, con sede central en los Estados Unidos, tiene una sucursal en Polonia.

Con intervención de la Sociedad Española de Hematología y Oncología Pediátrica y del Ministerio de Inclusión, Seguridad Social y Migraciones, se organizaron tres vuelos para traer desde Polonia a varias decenas de niños enfermos de cáncer.

Un vuelo fue a Madrid, otro a Barcelona y un tercero a Valencia. El de Madrid transportó a 25 familias ucranianas a las que se unieron más adelante 8 familias más. Éstas familias que acabo de mencionar vinieron en un avión especial puesto por el gobierno de España, de menores dimensiones en el que los enfermos pudieron venir tumbados. Para atenderles, la Fundación abrió un Fondo de Rescate con lo que pudo contar con 251.263 euros además de un fondo altamente generoso de una persona anónima.

Las 73 personas que formaban las 25 familias citadas fueron puestas en relación con cuatro hospitales de la Comunidad de Madrid: La Paz, Niño Jesús, 12 de Octubre y Gregorio Marañón.

Tras la llegada se alojaron tres días en el Hotel NH Ribera del Manzanares de donde pasaron a la Ciudad Financiera del Banco de Santander situada en Boadilla del Monte. Allí permanecieron del 16 de marzo de 2022 hasta el 6 de junio del mismo año. CEAR (Comisión Española de Ayuda al Refugiado) les puso en contacto con el CREADE (Centro de Recepción, Atención y Derivación) para los refugiados ucranianos. De esa forma obtuvieron la documentación requerida.

Con ayuda de intérpretes y de ocho taxistas ucranianos se realizaban los traslados a los hospitales para recibir la atención médica requerida. Halyna, coordinadora jefe ucraniana y Natalia, Ilona, Maryana y Gala realizaban la función de traslado y acompañamiento. Los primeros dos o tres meses supusieron un ir y venir cotidiano que muchas veces, por las circunstancias, era vivido con angustia.

Al terminar la estancia en la Ciudad Financiera del Santander los enfermos y familias ocuparon los 13 pisos que la organización Aladina localizó, alquiló, amuebló y acondicionó en

Madrid. Nueve de ellos en la calle Fernán González. Y cuatro más en la calle Isla Cristina del Barrio del Pilar, desde donde se realizaban los traslados a los hospitales. Para el acondicionamiento adecuado hubo que traer de Valencia el 100% de los colchones, ropa blanca y otros enseres. El número de personas alojadas fue de 183.

Además de la atención médica, los niños enfermos y sus familias recibieron atención en la celebración de la Pascua Ortodoxa y en diversas salidas de esparcimiento al Retiro y a los parques de atracciones y el Zoo.

Junto al trabajo en situación de estabilidad, Aladina tuvo que atender situaciones de cambio y modificación de situaciones como las solicitudes de regreso a Ucrania por remisión de la enfermedad o para seguir allí el tratamiento o por búsqueda de trabajo adecuado a quien podía afrontarlo. Como al cabo de 24 meses, el gobierno interrumpe su compromiso de apoyo, Aladina tuvo que seguir su trabajo financiado por su cuenta los gastos.

Sintetizando la acogida realizada, podemos ofrecer los siguientes datos:

Total de acogidos en Madrid en el periodo 2022 - 2024: 39 pacientes incluyendo tres familias nuevas. En total con familiares, 106 personas.

Familias vueltas a Ucrania: 17.

Niños fallecidos en Ucrania: 3.

Niños fallecidos en Madrid: 3.

Los Problemas psicológicos de los ucranianos madrileños

Los vecinos de la ciudad ucraniana de Madrid son unas personas que no infrecuentemente acusan unos problemas psicológicos que deben ser abordados con particular atención. La causa de la mayoría de ellos está en la inmigración. La inmigración es un factor muy importante en la aparición del problema como podría ser la ausencia de familia o la guerra. Los ucranianos no han estado preparados para sufrir el desencuentro que ocasiona la migración. Es un fenómeno que han recibido como un gran choque. Un choque con problemas concomitantes como el no tener a nadie, el no poder hablar por el desconocimiento de la lengua, el no poder expresarse por la novedad de las situaciones, la necesidad de usar unas reglas para el ascenso social diferentes de las que uno tenía en el propio país. Cuando uno se entera tarde de lo que tiene que hacer lo hace teniendo que poner un esfuerzo mayor.

Otra cuestión concomitante es para los escolares, el de la doble formación: en español entre semana, en ucraniano los fines de semana, sin descanso jamás. En el trabajo a veces hay algo parecido. Se padece entonces la dificultad de la doble vida.

Una vez hemos visto las causas, adentrémonos en los efectos. Los entendidos dicen que en un primer nivel el efecto es la ansiedad y el estrés. Pero hay un segundo nivel que surge a continuación: es el de la depresión. Y un tercer nivel más grave. El de las patologías severas. Aquí la inmigración tal vez no sea la causa. Pero sí que puede ser el desencadenante.

El que se encuentra con tales problemas psiquiátricos tiene medios para buscar solución a los mismos. El primero de ellos es acudir al sistema público español de salud mental. Hay ucranianos que acuden a dicho sistema. Hay que decir, sin embargo, que a la gran mayoría le cuesta muchísimo acercarse a él. Un ucraniano debe encontrarse muy mal para hacerlo. Es un sistema que utiliza siempre las pastillas. España es el primer país mundial de consumo per cápita de ansiolíticos.

Algo parecido sucede con los antidepresivos. Es el resultado de tener que esperar guardando cola durante varios meses hasta poder ser atendido.

El segundo es acudir al psiquiatra de pago. Ahora el ucraniano lo tiene más fácil que antes. Tiene un sistema de atención médica a distancia. El 80% acude a los de Ucrania. Es más barato. Si aquí tiene que pagar 60 euros por hora de atención, con el de Ucrania pueden ser suficientes los 35 euros.

Un tercer método muy útil es hacerlo en grupo. Un grupo de diez ucranianos con el terapeuta que normalmente debe ser también ucraniano. Hay casos así. Debemos celebrarlo.

Los Huérfanos ucranianos trasladados por necesidad, de Madrid a Salamanca

Muy desde el principio de la guerra de Ucrania las autoridades del país sintieron necesidad de que a un grupo de huérfanos se les prestase una particular acogida en el exterior de la nación. Era el grupo acogido en un hogar especializado ubicado en la ciudad de Lviv. Ello fue debido, además del problema que causaba la situación de guerra, a las importantes necesidades que el grupo tenía, de manera particular por el hecho frecuente de sus graves carencias familiares. A ello se unían otras cuestiones como la de ser menores de edad (algunos eran muy pequeños, de siete años), y padecer problemas en su salud como enfermedades y discapacidades. Entre las discapacidades figuraban las de carácter psicológico e incluso psiquiátrico. Algunos de los acogidos eran originarios del Donbás lugar particularmente difícil. Otros tenían un entorno familiar extraordinariamente complicado. A varios niños enfermos había que llevarles al hospital para la diálisis.

España fue considerada un buen país de acogida. Para el viaje al país receptor, el grupo al que nos estamos refiriendo, residente en un hogar de huérfanos dirigido por la administración pública ucraniana, se preparó para salir de Ucrania. Dicha aspiración fue recogida por una fundación española muy valiosa llamada Madrina.

Tenidos los conocimientos generales de la petición que se hacía, Nadiya se ofreció a colaborar prestándoles la mejor atención que pudiera darles. De esa manera empezó a hacer los preparativos para poner en su servicio un vuelo a Madrid. El propósito, sin embargo, no pudo ser culminado pues se adelantó la oferta de la ministra de Defensa Margarita Robles que fletó para dichos huérfanos un avión militar. El avión trasladó a 85 niños y adolescentes.

En dicho viaje iban los representantes de Madrina una fundación que se vinculó a los organizadores del vuelo y con él siguieron. El lugar destinado para ellos fue el internado del colegio Virgen de Lourdes en Majadahonda (Madrid). Pero se plantearon unas dificultades inesperadas y hubo que cambiar la ubicación de los menores tutelados.

Se obtuvo para alojar a los huérfanos ucranianos el colegio *La Inmaculada,* centro docente con muchas plazas libres establecido en un edificio muy capaz por sus dimensiones, situado en Armenteros, un municipio de la provincia de Salamanca. Pertenece al partido judicial de Béjar, comarca de Tierra de Alba, con un censo de 256 habitantes en el año 2023. Hace frontera con la provincia de Ávila y conserva típicas casonas de piedra que le dan al pueblo un paisaje de rica tradición rural.

El colegio en donde los ucranianos son albergados es un centro docente grande, internado, al que van escolares de Salamanca. Tiene la condición de concertado. Hay varios edificios, uno de ellos central, en donde reciben la docencia los chicos y las chicas salmantinos. Adjunto a él había otro edificio que por encontrarse vacío sirvió para albergar a los huérfanos llegados de Ucrania. Un conjunto hermoso con gran lugar para el esparcimiento, jardines y piscina.

El grupo de 85 ucranianos, procedentes del mismo centro de Ucrania, llenó el edificio designado. En el grupo venía su directora de orfanato llamada Elena, que había recibido del gobierno ucraniano la tutela de los huérfanos, con sus dos hijos, un profesor, una profesora y dos señoras que ejercían función de cuidadoras. La directora permaneció mucho tiempo en el lugar, hasta el final, ejerciendo la función que se le había encomendado. Alguno de los acompañantes abandonó antes. El estar lejos de la ciudad hacía difícil el llevar a los residentes al hospital algo totalmente necesario para un buen número de ellos. No resultó bien organizada la atención a la salud. No tuvieron contacto con la Seguridad Social. Cuando había una necesidad se les llevaba a urgencias. Las soluciones se dejaron en manos de la espontaneidad. A veces hubo que practicar resonancias magnéticas. Uno de los acogidos sufrió una infección de riñón.

Las habitaciones eran grandes. Cabían en ellas como unas diez camas. Había literas y armarios para la guarda de la ropa. En unas se ponía a los niños y en otras a las niñas. Tenían unas edades entre los siete y los diecisiete años. Los acogidos manifestaban entre sí un fuerte sentido de familia. Algunos eran hermanos. Mostraban constantes deseos de volver a su país.

Las comidas tenían lugar en el edificio central. Los ucranianos comían antes que los salmantinos. Su comida era traída semanalmente de Salamanca, manjares ucranianos que allí se preparaban para los residentes venidos del país en guerra. Una acomodación muy digna de ser alabada.

La docencia fue organizada por los dirigentes del grupo recién hospedado y el personal de Madrina. Todo en ucraniano. Se les ofreció también clases de español. Los ucranianos sin embargo, como albergaban el deseo constante de regresar a su país, no se sentían motivados para tal aprendizaje que les resultaba aburrido. Venía a dar tal enseñanza personal voluntario de Salamanca. Lo que estaba sucediendo en Ucrania, en situación de guerra, recibido por información de Instagram, era transmitido a los mayores por parte de sus monitores.

Especial atención había que darle a la organización del esparcimiento. Deporte, gymkama, manualidades. La monitora de Nadiya, Carolina, cuenta que se encontraba muy a gusto dedicándose a los pequeños. Al principio era difícil la comunicación pues los niños y las niñas desconocían totalmente el inglés. Con el paso del tiempo se fue logrando confianza y nacieron relaciones amistosas. A los mayores, cuando se les permitía salir, la directora les daba algún dinero para pequeños gastos. En alguna ocasión se detectó que era empleado para comprar productos inconvenientes.

La utilización de la piscina causó problemas. A los españoles les gustaba poco que acudieran mezclándose con ellos. Se solucionó organizando turnos.

Los de Madrina tuvieron dos tipos de presencia en el centro. Unos estaban allí de forma permanente y otros iban y venían desde Madrid. Entre ellos, debemos destacar a Borja que fue a la frontera de Ucrania en el avión militar de vacío. Luego vino con ellos a Madrid y en Salamanca permaneció todo el tiempo que hizo falta muy involucrado con los adolescentes y los niños. Los que le han conocido no dejan jamás de prodigarle alabanzas. Una conducta así tan pedagógica era necesaria para superar el caos que frecuentemente aparecía. Era una persona entusiasmada con el objetivo que tenía en sus manos entre el que entraba llevarles frecuentemente al hospital. Se dejaba la piel en su trabajo diario. Junto a él permaneció con los huérfanos una chica joven que estuvo en el centro hasta diciembre del 2023.

Una persona caracterizada por hacer viajes, de Madrid a Salamanca y viceversa, fue Conrado Giménez, director de Madrina. Recibía el dinero para los pagos de la Comunidad de Castilla y León al que unía dinero de los colegios con los que estaba relacionada la citada Ong. Don Conrado organizó para los jóvenes residentes varios viajes al parque de Atracciones de Madrid. Entre los mayores en ocasiones se producían peleas. A veces incluso se escapaban del centro.

Los miembros de la organización Nadiya establecieron cierta cooperación con los de la Fundación Madrina. Citamos a Carolina Rodríguez, hija de Beatriz Prieto, a Karen Zonnerville, a Sara Ocaña y a David Quintana. Entre sus atenciones al grupo conviene mencionar las compras que les hicieron, como algún televisor, ropa y bañadores, material deportivo. Hay que unir a ello el pago del agua de la piscina. Unas variantes en la atención dispensada a los huérfanos fueron los servicios de peluquería y optometría. La ayuda solicitada en las redes en favor del corte y el arreglo del pelo fue generosamente respondida por diversas peluquerías salmantinas. Algo similar hay que decir de las ópticas.

En ocasiones los cooperantes se quejaban de que, en el centro que les albergaba, faltaban cierto recursos y esmero en la limpieza. Los colchones eran viejos y malos y la suciedad campaba por sus respetos. A los albergados se les exigía hacer ciertos trabajos domésticos que los cooperantes no aprobaban. Algunas normas como las de la utilización de la piscina eran consideradas un tanto rígidas. Se constataron también graves faltas de disciplina. Algunos de los chicos mayores (hubo quien cumplió allí los 18 años) se escaparon con la intención de vivir libremente en la calle buscándose la vida por su cuenta. Todo ello impulsaba a que alguno de los monitores ucranianos, se quisiera marchar. Y alguno de ellos efectivamente se marchó.

Pasado un tiempo prudencial transitorio de atención y tras el efecto de diversas quejas, algunas de ellas aparecidas en los medios de comunicación, se hizo cargo directo de los huérfanos ucranianos la Junta de Castilla y León que les trasladó a varios centros de Menores de Valladolid. Un factor se añadió al final: que la llegada del invierno impedía el mantenimiento adecuado en el edificio de Armenteros.

Los monitores de Nadiya no mantuvieron contacto con los antiguos ucranianos protegidos con alguna excepción como la de Sarko. A partir de entonces la citada Junta ejerció un control completo de los huérfanos ucranianos. Los monitores venidos del país en guerra fueron acogidos por Conrado en Madrina.

Los de Nadiya que estuvieron cierto tiempo en Armenteros guardan buen recuerdo de dos alumnos ucranios que conocieron allí. Uno de ellos, llamado Sasha, trasladado a Valladolid, cuando cumplió los 18 años, quiso marcharse a Ucrania pero al final se quedó en Valladolid. Otro, por nombre Sergo, fue acogido en la ciudad de Salamanca por una familia ucraniana huida de la guerra. Encontró primero trabajo en una cocina y luego en una empresa de distribución de jamones.

Los huérfanos ucranianos en Valladolid

La Junta de la Comunidad Autónoma de Castilla y León comprobó que Armenteros no tenía capacidad de mantener la permanencia allí de aquellos niños y niñas y de aquellos adolescentes. Un juez concedió la tutela a la Junta que tomó las riendas del asunto - eran menores establecidos en su territorio - y les incorporó al sistema de protección a la infancia. En el lugar en donde estaban faltaba nivel comunitario e incluso carecían de diagnóstico.

La Junta, que estaba en constante comunicación con la Embajada de Ucrania en España, les distribuyó en varios Hogares: Santa Gema (Cabezón de Pisuerga), Hogar de Acogida MIR (Valladolid) y San Juan de Dios (Valladolid). En dichos centros empezaron a recibir una atención médica y psicológica de alto nivel. Desde la Embajada venía de cuando en cuando personal para visitarles y valorar su situación.

La evolución de aquellos menores fue la siguiente:

- Unos dejaron de ser menores y encontraron trabajo en España comenzando a vivir por su cuenta.
- Otros volvieron a Ucrania aun siendo menores y pasaron a depender bajo tutela del gobierno ucraniano.
- Un tercer grupo de mayores de edad, pasó a un centro específico para personas con discapacidad.

En la actualidad hay cincuenta menores con expediente de protección. Desde los centros en donde están, van al colegio. Un buen grupo habita en el barrio vallisoletano de Las Delicias y se han integrado muy bien en dicho barrio. A unos de ellos se les ocurrió, a partir de la clase de fotografía que tenían en el centro docente, realizar una exposición fotográfica *"Tu barrio, mi barrio"* en el centro Cívico de Las Delicias. Ellos hicieron las fotos con un paisaje urbano que iba desde la frutería hasta la parada del autobús. Una exposición muy seria que estuvo abierta al público con resultado exitoso.

La Junta de Castilla y León financia todos los gastos. Del Estado no recibe nada.

Expongamos un caso modélico del primer grupo. Serhgii es uno de los jóvenes ucranianos venidos a España con motivo de la guerra. Cuando tenía 18 años y estaba interno en el centro de huérfanos y abandonados del que hablamos, empezaron los bombardeos de los rusos y con ellos la guerra. Era el 24 de febrero de 2022. Era en Lviv la ciudad más importante del oeste de Ucrania. Había sido también alumno del instituto. Él con el grupo terminó en Armenteros (Salamanca) permaneciendo allí tres o cuatro meses. Luego, tras una breve estancia en Salamanca capital (Santa Marta) fueron llevados a Valladolid a centros pertenecientes a la Junta de Castilla y León. Y al cabo de solo una semana como era mayor de edad decidió marcharse y empezar a vivir por su cuenta.

¿Qué familia había dejado en Ucrania? Del paradero de su padre no sabe nada. De su madre sabe y puede comunicarse por teléfono pero no hace nada. En cambio con su abuela habla mucho, se comunican todas las veces que quieren. Tiene además un tío, una tía y dos primas con las que la relación que se establece es frecuente.

¿Qué puertas se le abren al joven Serhii de 18 años en España? Volver a Ucrania es algo prohibido para él. Siendo varón tendría nada más llegar que tomar las armas para marcharse al frente. A Ucrania si volverá. ¿Cuándo? Cuando termine la guerra. Su esfuerzo ahora consiste en estudiar la lengua española y buscar trabajo. La primera ayuda que encontró fue la de la institución ACEN. Dedicó el tiempo a estudiar el idioma. Se albergaba en un hotel y su estancia allí fue de medio año. Luego, en la misma Salamanca, pasó al Proyecto Hombre y estuvo allí un año. Además de estudiar buscaba trabajo e hizo un curso de cocinero. También nos destaca el empeño que ponía en llegar a escribir bien que es algo que todavía no ha logrado. Trabajó también dos semanas en un bar. Una voluntaria le ayudaba a aclarar las dificultades que se le presentaban.

Pasado un tiempo halló un puesto de trabajo en una fábrica de jamón en Guijuelo (Salamanca). Es donde se halla ahora y parece mostrarse satisfecho con su labor en «Bernardo?», la empresa que le contrató. Le ilusiona el tipo de trabajo que realiza. Tiene libres los dos días del fin de semana pero en los laborables está muy ocupado y las horas de trabajo superan las ocho. En el piso en donde está viven cuatro. A veces responde al teléfono la chica que les cobra la mensualidad.

La impresión que deja Serhii a la hora de ser tratado es que se muestra un chico correoso, incansable, persistente. Parece conseguir todo lo que se propone. Le gusta mucho España. Piensa que los españoles somos gente buena faceta que aprovecha para conseguir bueno amigos. Tiene, además, una amiga española.

Serhii, pasado un año, sigue trabajando en la empresa Bernado de Guijuelo. Acaba de cumplir 21 años. Cuatro meses logrando la satisfacción de sus dirigentes por la calidad y el esmero con que realiza su cometido. Es una empresa en la que trabajan unas doce personas. Una productora de jamones. Ha realizado todos los variados tipos de trabajo que pueden encontrarse allí. Desde el traslado y el transporte, el secado y el envasado. La empresa produce mucho al igual que otras situadas en el municipio de Guijuelo tan famoso tanto en España como en el extranjero. Exportan a Alemania, a

Francia, a Italia. Descansa los fines de semana. Vacaciones largas todavía no ha tenido tiempo de tenerlas.

Habla por teléfono con su país, con su abuela, sus tíos y sus tías. Vive en el mismo piso en donde comenzó a vivir desde el día que llegó. Sus compañeros dedican también todo el tiempo que tienen al trabajo. El fin de semana se va a ver a su amiga española.

LA ENSEÑANZA

CAPÍTULO XI

La Enseñanza

Los estudiantes ucranianos en edad escolar residentes en Madrid tienen la posibilidad de obtener los títulos académicos a la vez, español y ucraniano. El español lo obtienen acudiendo a los centros escolares correspondientes en los días laborables de la semana. El ucraniano, siguiendo los cursos que se ofrecen en centros habilitados para ello en los fines de semana: sábado y en ocasiones, domingo.

Dichos colegios habilitados son los siguientes: - Dyvosvit, en Alcorcón, junto a la estación central de tren y de metro. - "Spilka - moya Ukraina" (Unión mi Ucrania). Orcasitas. - "Kvity Ukrainy" (Flores de Ucrania). Torrejón de Ardoz. - Nove Pokolinnya" (Nueva Generación). - Svitanok. Escuela ucraniana cristiana de sábados. Alcalá de Henares. - "Nashe maybutne" (Nuestro futuro). Plaza Venecia 1. Madrid. - Beregynya. Calle Puebla de Sanabria 18. Madrid. - Stozhary. Móstoles.

El Centro Escolar Dyvosvit.

Los inicios de esta escuela totalmente ucraniana que funciona los sábados hay que buscarlos en una parroquia muy pequeña con la que se relacionaba el padre Ivan Lypca que sustituyó a otro sacerdote anterior fallecido fundador del centro junto con Oksana Goring, y vivía entonces en Móstoles. Se empezó agrupando a diversos padres y madres y haciendo que los chicos y chicas acudieran.

El siguiente paso fue recibir y ocupar el edificio de un instituto abandonado en Alcorcón. Lo arreglaron, lo pintaron y lo hicieron funcionar para que se cumplieran los propósitos que todos llevan en mente con gran entusiasmo.

Luego pagaron el alquiler para conseguir tener un centro privado en donde estuvieron un año.

De ahí pasaron al edificio actual, el IES Luis Buñuel, situado en Alcorcón junto a la estación Alcorcón central. Fue en el año 2007. Es un edificio con gran número de aulas en el que se albergan unos cuatrocientos cincuenta alumnos y alumnas. Los pequeños ocupan otro pabellón en el mismo municipio. Todos ellos vienen de toda el área de Madrid y pueblos de los alrededores. Algunos se acercan incluso desde Toledo y Segovia. El horario normal es de 9 de la mañana a las 4 de la tarde del sábado.

La Escuela Dyvosvit es el mayor centro educativo ucraniano de España. No de Europa, porque en Polonia, por ejemplo, existen centros escolares ucranianos de gran tamaño. En Madrid hay otros centros, así en la capital como en Villaverde Alto y también en Alcalá, en Torrejón, en Móstoles. Pero no pasan de cien niños. Y aquí hay bastantes más. Dyvosvit recibió el premio de educación de la Comunidad de Madrid que fue entregado por la propia presidenta Ayuso. Es un colegio que sirve de enlace a los que vienen y van. Los nacidos aquí siguen un programa único, de contenidos básicos. A los pequeños hay que enseñarles a hablar en ucraniano. Las tardes las dedican a la celebración de eventos, deporte, baile y teatro. En alguna ocasión han organizado una cabalgata de estilo ucraniano.

La Escuela Dyvosvit no recibe ayudas, ni de Ucrania ni de España. Los padres pagan cuotas de 20, 30 ó 35 euros mensuales por cada alumno. Los alumnos utilizan para su formación los libros oficiales de Ucrania. El edificio está cedido gratuitamente por un día a la semana. Los usuarios han de pagar los gastos como la electricidad, el agua y la calefacción. También de las cuotas se saca el dinero para pagar al profesorado.

Impacta ver cómo algo antes de las nueve de la mañana se sitúan en el corredor bajo cobertizo que va a dirigirles al edificio repartidos por aulas según cursos y edades. A las clases acuden contentos tal como nos lo manifiestan sin ningún rebozo a los visitantes que hemos acudido allí para captar su situación de escolares desplazados para luego darla a conocer a los lectores. La directora, por nombre Natalia, nos presenta a las profesoras. A saber: Nadiya Leskiv que enseña matemáticas y física. Su trabajo de docente a los alumnos compatriotas en sábados lo completa entre semana con clases particulares a españoles. Es también poetisa. Publica sus poemas en ucraniano en el libro periódico "*Nuestra palabra*". Oksana Horin enseñante también de matemáticas. El resto de su trabajo está dedicado a ser programadora. Cursó también en Ucrania, en la Universidad católica, un máster en catequesis. Maria Myrha es profesora de lengua y literatura ucraniana y universal. Natalia Piskurovska.

El curriculum y la posición social de las profesoras tiene mucho interés. Natalia, la directora, es de Sambir, pueblo situado cerca de Lviv. Vino a España hace muchos años por libre elección. Es una mujer enérgica, muy trabajadora. Realiza un trabajo que a veces le resulta cansado. Cuando llegó a España era más difícil encontrar trabajo que ahora. Tenían que esperar mucho a recibir los papeles y se encontraban con frecuencia en situación ilegal. Ahora, la documentación, se la dan enseguida, nada más llegar. Existen, además, más oportunidades. Natalia vive con su marido, Oleg, y sus dos hijos. Su hija, de nombre Cristina, es mayor y muy estudiosa y trabajadora. Tiene 23 años. Los sábados trabaja en el Creade. Tiene, además, un hijo de 13 años, de temperamento más perezoso. Estando en Madrid, Natalia piensa en sus padres y en su hermana que en Ucrania se hallan bajo la amenaza de sufrir terribles bombardeos. A Natalia le preocupa que su hijo pueda perder el ucraniano que sabe. Porque con frecuencia, aunque ella siempre le habla en ucraniano, él no infrecuentemente le responde en español.

Nadiya Leskiv, la matemática poetisa que antes hemos mencionado vino a España el año 2002. Dejó en Ucrania, en Lviv (ciudad aquí llamada con frecuencia Leópolis nombre que se le daba en el Imperio Austro Húngaro) a su hijo y a su hija, ambos médicos. Tiene cuatro nietos a los que va a ver de cuando en cuando. El mayor, de 18 años, estudia Derecho. Le siguen tres nietas pequeñas de 14, 10 y 6 años. Dos de ellas son bailarinas la mayor de las cuales destaca por su dedicación y empeño.

Nadiya nos habla de las publicaciones a las que podemos tener acceso. Una de ellas lleva por nombre *"Nuestra palabra"*. Han visto la luz ya tres libros y a no mucho tardar saldrá el cuarto. Relaciona el conocimiento de dicha publicación con Olga Ledo. Nos muestran también un libro bilingüe ucraniano español que se titula *Poesía actual de Ucrania. Once poetas contemporáneos.* De la editorial La Tortuga búlgara. Islas Baleares. Madrid.

Oksana Horin, tras vivir en España, volvió a Ucrania. Tras los bombardeos de febrero de 2022, acogió a voluntarios españoles que iban a traer refugiados. Les hacía traspasar la frontera entre Polonia y Ucrania y les daba hospedaje en su casa, un chalet que tenía en Leópolis. Ella fue todo un ejemplo de ir y venir entre Ucrania y España. Cuando habla de lo que ha visto en España, en lo que se refiere a la ayuda a los desplazados, afirma vivamente que tanto las autoridades como la gente en general se han volcado muy generosamente con los desplazados de Ucrania. No sé con qué motivo en la conversación que tenemos con ella nos menciona a *Fetén, fetén*, el grupo folklórico español.

María Myrha es profesora de lengua y literatura ucraniana y universal. Lleva 26 años en España. La razón de venir aquí fue económica. Es viuda. Su marido murió en Ucrania.

Julia y su marido vinieron juntos a España hace cinco años. El marido ya se había establecido aquí dos años antes. Ahora toda la familia del marido está aquí. Vinieron con dos hijas que ahora tienen 18 y 14 años. Una vez en Madrid se les unió una niña pequeña que ahora tiene tres años.

Oksana es también el nombre de una profesora cuya materia es la Historia. Hace tiempo que vive en España y tiene dos hijas mayores de 33 y 29 años. Ambas están casadas con españoles.

De todos los alumnos que hay son 343 los que aspiran a obtener título oficial ucraniano. Son los que quieren volver. Otros alumnos, aunque no piensen volver, optan también por el título ucraniano que se convalida en España.

A los tres visitantes que acudimos a la Escuela Dyvosvit nos enseñan muy cordialmente las aulas en donde están recibiendo clase los alumnos. Entramos en dos aulas de tercero de primaria. Hay como unos veinte niños en cada una de ellas. Hay cinco entre todos que no se han comprometido a sacar el título oficial. Pasamos después al aula de segundo de secundaria. Hay treinta alumnos de los cuales van por el título veinticuatro.

Notamos la existencia de una diferente numeración de los cursos entre España y Ucrania. En España, al terminar el sexto de primaria se pasa al primero de secundaria (ESO: Enseñanza Secundaria Obligatoria). En Ucrania todos los cursos siguen una misma numeración desde el 1° al 12°.

En otro momento de nuestra visita nos llevan a una clase de física. Un profesor, con varios instrumentos demostrativos habla a los alumnos en español. Una intérprete traduce al ucraniano.

En el hall del colegio tenemos los visitantes la oportunidad de hablar con el padre de cuatro muchachos, cuatro hermanos que están recibiendo clase en estos momentos en Dyvosvit. Se llama Oleg. Salió de Odessa en coche rumbo a Madrid dos semanas después del 24 de febrero de 2022. Le acompañaban su mujer y sus cuatro hijos, Ladislao, Vadim, Shlata y Aetem. Tienen 15, 14, 12 y 6 años respectivamente. El viaje directo a la capital de España les llevó cinco días. Tras estar aquí medio año volvieron a Odessa y pasados dos años regresaron a Madrid. Aquí siguen establecidos. Viven en Aluche y los dos niños pequeños van al colegio Alhóndiga de Getafe. Oleg es de profesión entrenador de baloncesto. Si encuentra un trabajo adecuado, se quedará en España. Tanto él como su mujer tienen un buen grupo de amigos.

Otra de las conversaciones que tenemos en el hall es con Alejandro, un colegial de 12 años. Viene a la Escuela Dyvosvit los sábados muy contento. Como vive en Carabanchel los días laborables va al colegio Los Arenales en donde hay otros cuatro o cinco alumnos de Ucrania. Él nació en España pero su hermano, mayor que él, vino de Ucrania siendo muy pequeño. Son de Termopil. Ahora viven allí sus abuelos y su primo. Otra parte de su familia se fue a Londres en donde tiene una tía. Sus abuelos que son agricultores, han venido varias veces. La otra abuela vive en Gracia a donde se fue hace ya bastantes años por razones económicas.

La materia escolar preferida de Alejandro es la matemática. De mayor, le gustaría ser mecánico de coches o profesor de física.

A Alejandro le gusta más Ucrania que España sobre todo porque tiene un paisaje más verde. No hay tanto asfalto. Nos dice que es como el país de los ángeles. Quiere volver y vivir allí. Los viajes para ver a sus abuelos y de más familia le producen intensa emoción.

El padre de Alejandro es profesor de baile en el gimnasio de Alcorcón. Los sábados tiene dos grupos. A los niños les enseña bailes folklóricos ucranianos. Los domingos tiene otro grupo de personas mayores en Móstoles. Él es quien alquila los locales para la docencia. A veces, tras hacer alguna comparación afirma que los españoles cantan mejor.

Centro Escolar "Spilka - moya Ukraina" (Unión - mi Ucrania). Está situado en Orcasitas, en la Escuela Oficial de Idiomas. La directora es Larysa Yemets. Es de Gorchychna, provincia de Klmelnitskyi. Situada en el Oeste de Ucrania, entre Kiev y Lviv. Vino a España hace unos 20 años. Estaban ya aquí su hermano y su cuñada. La razón de la emigración fue económica. Fue una época oscura en la que cayeron numerosas empresas agrarias.

El colegio empezó hace 18 años en Argüelles, impulsado por el padre Ivan Lypka (Parroquia del Buen Consejo). Luego pasaron a Embajadores (Escuela de Idiomas Cervantes). Eran los padres los que dirigían la organización. Finalmente, en 1919, se pasó al lugar actual con dirección y profesorado profesional.

En el centro Spilka hay 130 alumnos además de guardería infantil (de 3 a 6 años). Los profesores son 17: 3 de lengua y literatura ucraniana, 2 de matemáticas y el resto uno por cada disciplina. Hay alumnos que vienen de lejos como Parla, Villalba y Valdemoro. Unos alumnos son todavía de más lejos acudiendo desde Toledo. Vienen una vez al mes y se les da trabajo para que lo realicen en casa con ayuda de sus padres.

Dicho centro se caracteriza por buscar con gran interés la unión de las dos culturas, la española y la ucraniana. Se fomenta mucho la relación intercultural. Siempre invitan a artistas españoles. Hay muchos actos bilingües. Los niños leen las poesías en español y en ucraniano y cantan en los dos idiomas. Juegan con adivinanzas así como con frases célebres de poetas ucranianos. Memorizan en los dos idiomas.

Actualmente los alumnos preparan una obra de teatro de Taras Schevchenko para representarla el 31 de mayo: *Nazar Stodolya (Cabaña del Jardín de Cerezos)*. En el jardín, cuidado por el jardinero Miguel, se han plantado diversos cerezos esteparios, típicos de Ucrania, muy diferentes de los de aquí pues dan un fruto no dulce sino ácido. Los alumnos son conscientes de ello.

Centro escolar llamado Stozhary de Móstoles. Abierto para ucranianos los sábados ocupando una parte del colegio Beato Simón de Rojas. Recibe a unos 40 alumnos. Me resultan en mi visita dos aspectos que me llaman mucho la atención. El primero de ellos es lo que me cuentan dos alumnos sobre el grupo Scout que tiene formado. Pertenecen a la asociación SUM. A veces han ido mezclados con españoles como cuando fueron a la Bola del Mundo y a Peñalara. En Cotos estuvieron cuatro días en un albergue. Otras veces los viajes fueron hechos solo por ucranianos como el de Toledo y el de Valencia. Llevaron tiendas de campaña.

La otra actividad que me interesó mucho fue la pintada de los huevos, una costumbre propia de la Pascua. Es una tradición antiquísima. En torno a una larga mesa estaban agrupados unos 25 alumnos, la gran mayoría niñas. El huevo duro es dibujado con un lápiz. Luego los rasgos se perfeccionan con un instrumento llamado pysychok que recoge en un minúsculo depósito la cera de un trozo de panal. El pysychok se calienta en la llama de una vela. Luego se introducen en un líquido caliente en donde se fija el color. Cada color tiene su significado. Todo un rito. El huevo pintado me produce la impresión de ser una obra de arte. La variedad de formas y de colores es inmensa. Por las paredes del aula hay huevos fotografiados que sin duda se pintaron en el pasado. Se trata de verdaderas obras de arte en tono menor. El huevo pintado se bendice. Y finalmente se consume el día de la Resurrección. Al terminar reflexiono sobre la enseñanza artística y pedagógica que tiene la pintada de los huevos. Un verdaderos mérito de las profesoras dirigentes y de los alumnos y alumnas que consiguieron tan atractivo objeto.

Centro escolar Kvity Ukrainy (Flores de Ucrania). Situado en la calle Hilados nº 1 de Torrejón de Ardoz. Colegio ucraniano que lleva diez años de funcionamiento en los fines de semana. El colegio tiene actualmente 35 alumnos de todas las edades. Desde primaria hasta el bachillerato. La directora es Natalia Hnatyshyn.

Dicho centro tiene un coro de alumnos y alumnas que aparece de cuando en cuando en conciertos de nivel elevado como ocurrió antes de las Navidades pasadas en la Iglesia de la Esperanza. Dan mucha importancia al baile pero exclusivamente al baile ucraniano. A los alumnos les gusta mucho practicarlo.

El centro tiene muy buenas relaciones con el Ayuntamiento de la ciudad. Hace muy poco erigieron un monumento conmemorativo a los muertos en la actual guerra de Ucrania (ucranianos pero también algunos fallecidos españoles).

Centro Beregynya de Villaverde Alto. Albergado en la parroquia de San Félix, calle Puebla de Sanabria 18. Se trata de una parroquia grande, muy espaciosa. Está situado cerca de la estación del tren de cercanías Puente Alcocer.

Centro Nashe maybutne (Nuestro futuro). Situado en el parque de las Avenidas, Plaza de Venecia nº 1, en el marco de la parroquia de San Juan Evangelista. La directora es Svitlana Kmetyk. Es enfermera, bióloga y psicóloga. Actualmente tiene pocos alumnos. Pero ha tenido un recorrido largo atendiendo a muchos alumnos en sus 15 años de funcionamiento. Todos se han graduado acabando el bachillerato. Se pueden contar algo así como un centenar. Dan clases *on line* a los alumnos mayores que son unos diez. Y prestan atención presencial a cinco pequeños. Se trata de una zona formada por gente pudiente. Los que acuden han de trasladarse desde muy lejos y por ello tienen dificultad en hacerlo.

Para la gente mayor venida de Ucrania se les dan clases de español. El profesor es Ignat un español que aprendió ucraniano lo que le resulta de gran valía para dar sus clases los sábados y los domingos.

La directora está casada con Igor Kmetyk que es secretario del obispo Bessarion de la Iglesia ortodoxa de Constantinopla, con jurisdicción para toda España y Portugal. Son 21 los años que hace que llegaron a España. Realizan una labor pastoral eminente. Abrieron no hace mucho, el 1 de febrero de 2025, una parroquia en Cuatro Caminos llamada San Príncipe de Volodymyr (en el marco de Santa María del Silencio).

El matrimonio Kmetyk ha tenido tres hijos, los tres varones. El mayor se dedica a las finanzas y trabaja en el BBVA. El segundo estudia psicología y el tercero farmacia en la Universidad de Alcalá de Henares. Ella nos dice que, si volviese a Ucrania lo haría con sus hijos a quienes acompañaría a la guerra como enfermera. El patriotismo de su personalidad conmueve. Trasladamos alguna de sus reflexiones en las páginas finales de este libro.

L A CULTURA LITERARIA

CAPÍTULO XII

La Cultura Literaria

La ciudad ucraniana albergada en Madrid ha tenido y sigue teniendo unas manifestaciones de cultura literaria de muy alto nivel. La Asociación *"Nuestra Palabra"*, a la que ya mencionamos, es una asociación creativa de poetas. Incluye la sociedad literaria y artística *"Dobrodii"* y la sociedad *"Código de la Nación"*, dirigida por Myroslava Kavatsyuk. La Asociación *"Nuestra Palabra"* ha publicado dos almanaques bajo el mismo nombre *"Nuestra Palabra"*, 2015, 2017. La Sociedad *Dobrodii* publicó el tercer almanaque, *"Pensamiento de una inflorescencia en una constelación de sentimientos"*, en 2019. Actualmente prepara el cuarto número del almanaque *"Nuestra Palabra"*. También recibieron agradecimiento por su importante contribución a la preservación de los valores nacionales, la popularización de la cultura ucraniana durante la guerra y la fructífera cooperación a nivel internacional. La directora de la asociación *"Nuestra Palabra"* es ahora Galina Koryzma.

En la ciudad ucraniana de Madrid causa mucho impacto literario la obra de Galina Koryzma. Vino a España en el año 2003. Pudo hacerlo porque su hija ya era mayor. Contaba con 18 años.

Es autora de cuatro libros: *"En Alas de la Esperanza"*, *"La Lejana Grulla de la Orilla"*, *"Mujer del Lejano Camino"* y *"Regalo y la Lejana Orilla de la Grulla"*. Este último lo tiene escrito en colaboración con Petro Kukharchuk. Galina hace también un esfuerzo en traducir y escribir en español. Nos cuenta cuáles son sus dificultades. La mecanografía española y ucraniana son distintas. El alfabeto español está formado por 27 letras y el cirílico por 33. Hace un esfuerzo considerable y el móvil lo tiene preparado para cuatro idiomas. En su libro de poesía, principalmente ucraniana, incorpora versos en español. Tomamos la primera estrofa de <*Lluvia en Madrid*>.

"Madrid, lluvia, Primavera llorosa.
El cielo se abre y filtra sus gotas como
a través de un tamiz.
Lágrimas de plata en movimiento
Surcos corriendo sobre vidrio mojado.
Ha llovido un mes entero!
Nubes frías como ovillos de lana
La calle brilla con el zumbido de la mañana
El agua dibuja una turbia franja".

En su libro incorpora en español versos de Antonio Machado. Y los publica con la adjunta traducción para el lector de su país.

En la ciudad ucraniana de Madrid nos encontramos además, con una personalidad literaria y artística, miembro de

Nuestra Palabra, muy importante: Olga Ledo Galano. Una ingeniera especializada en sistemas de protección pasiva contra incendios. En dicha materia obtuvo éxitos profesionales importantes. Pero con el paso del tiempo cambió de profesión dedicándose a la literatura. Le impulsó a ello el ver lo que estaba sucediendo en su patria: la guerra. Olga se ha dedicado a traducir poéticamente del ucraniano al español. Ella reconoce que se trata de un tipo de traducción muy laborioso y también muy poco frecuente. Se siente muy orgullosa de la labor que está realizando. Está casada con un español. Su trabajo ahora es totalmente benéfico.

Digamos algo de su historia familiar y personal. Su familia es de Zaporiya ciudad en la que ella nació. Su bisabuelo, Antón Pavliuk, es considerado uno de los creadores del sistema educativo ucraniano. Fundó una escuela técnica que luego evolucionó a Universidad. Stalin le persiguió por realizar una difusión importante de la cultura ucraniana. Fue fusilado en 1937. Los padres de Olga están aquí. Vinieron en marzo del 2022 por causa de la guerra. Están deseando volver a Zaporiya.

Olga ha hecho traducciones para el cine (la serie documental "*Culture vs war*"), traducciones de poesía de guerra (Antología *In Principio erat Verbum. Ukraine. Poetry of war. Calendario de Volodymyr Tymchuk* https:// volodymyrtymchuk wordpress.com/ publicat ... projects/), numerosas traducciones de canciones y poemas clásicos ucranianos, varios de los cuales se estrenaron en Madrid ya que todas son versiones cantadas. Olga considera que lo que ha realizado es solo un comienzo. Tiene en su cabeza grandes ideas para aplicarlas a partir de ahora mirando al futuro.

Se puede encontrar la información en su canal de YouTube (https://www.youtube.com/@olgaledo3835) y en Facebook (https://www.facebook.com/olga.ledo.3), aunque en este último tendrá que rebuscar mucho, ya que su actividad literaria la compagina con el voluntariado (trabaja en varias asociaciones). Olga está muy dispuesta a dar todo lo que se le solicite.

Nos entrega la traducción poética al español del Himno Espiritual de Ucrania. La ofrecemos al final de este capítulo.

Es un majestuoso canto de oración - nos dice Olga Ledo - que en términos religiosos se equipara al himno nacional y se interpreta de pie. Se estrenó en su traducción al español en la Parroquia católica de Santa María de la Esperanza (Fuencarral) la víspera de Navidad (22 de diciembre del 2024) , coincidiendo con el décimo aniversario del coro. Se cantó el 5 de enero en la Parroquia Ortodoxa Ucraniana de San Pedro y San Pablo (Madrid) , y se hizo coincidir con el Día de los Reyes Magos, según la religión católica, y la Epifanía, el bautismo de Jesucristo por Juan el Bautista en el río Jordán, según la religión ortodoxa. Pretendió unir nuestras festividades, nuestros anhelos y nuestros corazones en lo más elevado, puro y noble de lo que es capaz el ser humano.

Hay numerosos datos en Internet sobre la Historia de la Creación de esta obra solemne y majestuosa, una oración por Ucrania. Fue compuesto por destacados autores en 1885. La letra fue escrita en Lviv por Oleksandr Konysky, una figura prominente de su época. El gran clásico ucraniano Ivan Franko mostraba su admiración ante su "energía, su fuerza de voluntad y su incansable empeño" de Oleksandr Konysky, que "dedicó su pluma a la causa de su palabra natal; entregó su fuerza y sus pensamientos al despertar del espíritu ucraniano".

La música fue compuesta por Mykola Lysenko, famoso compositor y fundador de la música clásica ucraniana.

Fue concebida como una oración para los niños ucranianos, aunque los contemporáneos consideraban que era difícil que los niños la aprendieran de memoria y la cantaran debido a su tempo muy lento. Por ello, los autores se negaron a ofrecérsela a los niños, y también tuvieron grandes problemas con la difusión de la obra debido a la prohibición de las publicaciones en ucraniano en el imperio ruso.

Venciendo todos los obstáculos, la primera interpretación tuvo lugar en abril de 1885, y el himno comenzó a cantarse a gran escala en mayo de ese año. Olga Ledo nos ofrece también unas palabras sobre la Historia de la Traducción de esta gran obra al español.

Algunas comunidades eclesiásticas ucranianas ortodoxas y católicas tienen la tradición de cantar la Oración por Ucrania después de la misa. Al plantearse la cuestión de promover la canción ucraniana en español, su amigo, colaborador y presidente de nuestra asociación *Unimos Corazones*, Mykhaylo Tomey le propuso traducir el Himno Espiritual. Lo hizo con verdadera alegría e inspiración en julio de 2023, y luego pasó más de año y medio buscando al coro interpretador.

El Himno Espiritual en español tuvo suerte porque su primer intérprete fue el coro infantil Peredzvin bajo la dirección de Liliya Tkachuk, y corrobora la idea de los autores de que esta canción espiritual es adecuada y perfecta para los niños, y, como se puede ver, ¡no sólo en ucraniano! La traductora Olga Ledo muestra su humilde gratitud a todos los que han contribuido y contribuirán a la difusión de su traducción al español del Himno Espiritual de Ucrania.

Hoy, 140 años después de su creación, el Himno-Oración, patrimonio sagrado de nuestro pueblo, no pierde actualidad ni significado, y apenas comienza su marcha en español, une corazones e irradia el sol ucraniano a través de los vitrales de los templos españoles.

Olga Ledo Galano nos ha traducido al español un villancico popular ucraniano cuya traducción poética de Olga Ledo Galano es la siguiente:

A Belén llegó el gozo
lució la estrella hermosa
Dio un Hijo anhelado
Al Dios-Hombre encarnado
La Purísima María.

Coro:

Oh, María Santa Madre
Acudimos a adorarte
¡Cristo ha nacido!

El nació y no se entera
Cómo el mundo le espera
Cómo Dios, a Él honrando
Las plegarias elevando
Al intercesor, el Cristo.

Coro:

Es mi rezo ferviente
Que bendigas a mi gente,
Que nos libres y acompañes,
Des suerte a Ucrania,
Oh, Jesús, te lo ruego.

Olga Ledo Galano tuvo una intervención por Radio Universidad de Salamanca el 2 de diciembre de 2024.

Olga Ledo es miembro desde Madrid, o más en concreto, desde el lugar en donde vive, del jurado de dos importantes concursos internacionales. Uno, del Tercer Festival Intercontinental de la Canción Ucraniana en los Estados Unidos *Canta en tu Lengua materna* en Ethno Fm Radio. El jurado está radicado en California. Es un festival de canciones emitido on line. Canciones que se difunden para promocionar la cultura musical ucraniana. En las emisiones aparecen cantantes de la diáspora ucraniana de España. El festival es transmitido por varias emisoras de radio de EE. UU, Israel y Ucrania. Dos, de la Décima Edición del proyecto - concurso internacional *Taras Shevchenko une naciones*. Está abierta a obras de diversos géneros de bellas artes, artes gráficas, bordados, fotografía, artes decorativas y aplicadas, obras musicales y representaciones teatrales, trabajos de investigación y actividades de voluntariado. Todo ello relacionado con Taras Shevchenko.

Otros miembros de *Nuestra Palabra* son: Natalia Shpak-Kucher, que confecciona artículos artísticos bordados en punto de cruz. En el año2016 publicó un poemario titulado Vivo en Ucrania con el corazón. Maria Skoropad, poetisa, autora y compositora de más de 30 canciones. Compone poemas infantiles, villancicos y cuenta humorísticos. Escribe poesía en ucraniano, polaco y español. Ha publicado varios libros entre 2010 y 2015. Valentyna Humeniuk poetisa, editora de dos almanaques Nuestra Palabra. Autora de canciones. Ganadora del Premio Literario y Artístico Panteleimon Kulish (Kiev 2019) y otros galardones. Publicó varios poemarios propios entre 2014 y 2021. Nadiya Leskiv autora del libro Con el alma en la tierra natal (1923). Es autora y compositora de más de cincuenta canciones que interpreta en diversos mítines y fiestas.

Shevchenko en español! La emisión especial se dedicó a la obra del escritor ucraniano Taras Shevchenko y a la lectura de sus poemas. Se pudo escuchar "Frases vivas" de Taras Shevchenko de su libro principal Kobzar en el original ucraniano y traducidas al español. La poesía fue declamada por una familia ucraniana, los médicos y miembros de la diáspora ucraniana en Salamanca - Yuliia e Ivan Shemelyak. Además, el programa incluyó el comentario de la traductora Olga Ledo Galano y fragmentos de las canciones ucranianas modernas basadas en las letras del mencionado autor.

Hay un libro de Jose Andres. "Ucrania, la tierra desconocida". El primer libro que se escribe sobre Shevchenko en español. Se puede adquirir en Amazon. Los beneficios de su venta se destinan a un proyecto humanitario en Ucrania.

Debemos mencionar también a una tercera autora ucraniana residente en Madrid. Es Inna Usenko. Es de Jarkiv y vino a España en el 2022 como refugiada. Ha escrito una obra que se encuentra en español "Época de lluvias".

Y seguimos refiriéndonos a Oleksandra Vorobec. Es muy buena poetisa. En 2014 ya estaba en España. Fue la guerra la que le hizo sumergirse en el mundo de la poesía. Antes no pensaba en llevar a la palabra los sentimientos más íntimos de su profunda personalidad.

En Villaverde hay un grupo de teatro en ucraniano que deseamos mencionar aquí. Lo forman un grupo de unas doce personas. Fueron a Valladolid a representar una obra. Tienen en proyecto visitar Torrevieja y Málaga. Cuando nos hablan de la satisfacción que les produce su trabajo nos dicen que consiguen con ello una gran ayuda mental.

La comunidad ucraniana de Madrid muestra a los españoles que viven junto a ella en la Comunidad de Madrid el método que tiene para darse a conocer literariamente. Les ofrece sus libros. Y los españoles los reciben cariñosamente. El autor más vendido es el histórico Taras Shevchenco. Su obra traducida al castellano más vendida es <*De mi Hermosa Ucrania*>. En las librerías se agota. No está traducido sin embargo al español su libro Kobzar. Entre los autores y libros actuales quiero destacar dos. El primero de ellos me fascina por lo bien editado que está. Es <*Poesía actual de Ucrania. Once poetas contemporáneos*>. Edición bilingüe ucraniano española. Y entre los novelistas destaca Yuri Andrujovich. En su novela <*Recreaciones*> se percibe muy bien el dominio extraordinario de la palabra y el valor descriptivo de de las variadas situaciones.

El despertar cultural de los que desean conocer a Ucrania tiene un libro en el que basarse. Un libro que es ideal: *Ucrania en su Historia y sus historias*. Es lo que los ucranianos nos ofrecen a los españoles que tenemos una grandísima suerte de contar con él. Está escrito por 16 autores. Es un libro elemental y básico. No se puede prescindir de nada de lo escrito en sus páginas desde la constatación de Yaroslav Hrytsak de que el 40% de Ucrania está cubierto por una tierra negra y fértil llamada chornozem hasta la tercera ucrania que emergió hace diez o quince años y que aspira a integrarse algún día en la Unión Europea. Kiev es el corazón de los dos Maidan.

Es, además, un libro completo. Cuando de alguno de los aspectos falta el escritor correspondiente, se acude a la entrevista. Así sucede en cinco ocasiones.

Las dos características que hemos mencionado referidas a todo el libro, aparecen en todos y cada uno de los autores del mismo. Se trata también de un libro muy ordenado: la Historia, las Identidades, los Arquetipos, las historias, las Patrias, el Dolor, las Relaciones, los Estereotipos. Cada tema abordado por dos autores, ni uno más, ni uno menos. Con la participación de unas figuras muy eminentes como Yuri Andrukhovyh, el ya mencionado Yaroslav Hrytsak, Serhii Plokhii y Volodimir Yermolenko. Está escrito además con un mismo estilo, un estilo presidido por la claridad. ¡Cuánto tenemos que agradecer a los escritores, editor y traductores, el que podamos tener este libro en nuestras manos!

HIMNO ESPIRITUAL DE UCRANIA.
¡Único Dios grandioso!
 Salve a Ucrania tu cruz
De libertad gloriosa
La Alumbre tu luz.

Que el saber verdadero
Brille en nuestro hogar
Puro amor por la tierra
Haznos, Padre, forjar.

Único Dios te rogamos
Salve a Ucrania tu cruz
Y a nuestros hermanos
Des tu gracia, Jesús.

Guía Divina le encamine,
¡Le libres, le cuides!
Al pueblo, Dios, le ilumines
Y des muchos años de vida!

LA EXPRESIÓN MUSICAL

CAPÍTULO XIII

La Expresión musical de los ucranianos desplazados a Madrid

En el tiempo que he pasado relacionándome con ucranianos y con personas vinculadas a los ucranianos he caído en la cuenta de que para los miembros de la citada nacionalidad, la música es una de las facetas de la vida que más les gusta y con la que más disfrutan.

Cuando en este libro expuse datos recogidos de archivo, me referí a unos jóvenes de Ucrania que, deseando huir del ejército soviético, vinieron a Madrid en 1945 y recibieron un gran apoyo para realizar estudios universitarios. Una vez establecidos en el colegio mayor Santiago Apóstol hubo un grupo que manifestó su afición a la música formando un coro para interpretar cantos de Iglesia y canciones populares de Ucrania. Dicho coro no se limitaba a organizar modestas sesiones musicales para pasar el rato. Los componentes del mismo querían más. Deseaban alcanzar un nivel artístico de categoría y dar a conocer su música en ambientes selectos. Recorrían de esa forma las facultades y la escuelas superiores de la Universidad. Eran llamados de institutos y colegios. A veces iban también a teatros. El éxito se repetía y el público valoraba la riqueza artística de la música ucraniana. Iban también a Iglesias de Madrid y de otras ciudades y entonces el canto litúrgico era el objetivo de sus manifestaciones corales.

En mi búsqueda de gente conocida entre los desplazados de Ucrania desde la guerra iniciada por Putin en febrero de 2022, tuve la suerte de encontrarme con una musicóloga llamada Liliya Tkachuk una verdadera especialista en la materia. En la actualidad es la directora del coro infantil Peredzvin.

Liliya nació en Colomyia (región de Ivano-Frankivsk), Ucrania, el 8 de abril de 1984. Tiene por lo tanto ahora cuarenta años y está en plenitud de fuerzas intelectuales y artísticas. En la Universidad de su país obtuvo las licenciaturas en Artes y en Psicología y la Educación superior completa como profesora de música y directora musical. Tiene numerosos certificados y diplomas en concursos y festivales internacionales como "Bukovynski Zhayvir" (2001) y "Tesoros de la nación" (2019). Premio especial del jurado del IV Concurso Internacional "Divo - Vyshyvanka" (2024). En España he tenido reconocimiento de instituciones como el Consulado de Ucrania en el reino de España (2015) "Fara Local de Villaverde" (2018) y "Casa de Andalucía Leganés".

La experiencia laboral en Ucrania ha sido amplia como profesora de canto y violinista en orquesta. Y en Madrid ha sido cantante en el grupo "NEW JAZZ LIFE" y violinista en "Música y Vida". Es desde 2014 directora artística del centro cultural y educativo Divosvit donde fundó tres colectivos vocales infantiles.

Igor Prokopiuk es un gran experto en música. Un gran conocedor de los compositores ucranianos. Se ha fijado como meta traducir obras del ucraniano al español sobretodo populares. Ha dado conciertos como músico. Los carteles anunciadores que conservamos son prueba fehaciente de su trabajo y de su éxito.

También es de gran interés mencionar la celebración en Madrid de músicos traídos para dar conciertos. Son varias las asociaciones que han organizado en España conciertos de fondo ucraniano. El gran violinista Vasyl Popadiuk estos últimos años, ha venido tres veces a Madrid desde Canadá. En el teatro Apolo participó con un grupo de danza traído de Chicago. También han venido para dar conciertos cantantes como Oksana Bilozir, Ivo Bubel y los hermanos Yaremchuk. Menciono también por la gira que hizo por España a un grupo colombiano que cantaba en ucraniano debido que a los ascendientes de varias personas que lo formaban procedían de Ucrania.

Una musicóloga de gran importancia es Olesya Zayats. Tuve con ella una conversación el día 12 de febrero de 2025. Me dijo que fue traída a Madrid por sus padres en el año 2006 teniendo ella once años, en plena pre adolescencia. El ambiente familiar le llevó a interesarse por la cultura ucraniana con cierta profundidad. Su abuelo tocaba el violín y dirigía el coro del pueblo. Le tocó ser, sin embargo, el superviviente de una gran tragedia familiar. Marchó a las filas y estuvo en ellas largo tiempo. Cuando volvió chocó con la terrible y cruda realidad de tener que aceptar que toda su familia había muerto. Su madre organizó una exposición de arte ucraniano en el Centro Cultural Eduardo Úrculo. Asistieron a conciertos en Madrid y fuera de Madrid como en una ocasión en Murcia. El sábado acudía a la escuela ucraniana.

Terminados los estudios medios se matriculó en la Complutense para estudiar Musicología. Al cumplir los 18 años ya se sentía arraigada en España. Le encantó la carrera. Practicó los medios audiovisuales. Utilizaba y cantaba canciones de su país más bien populares. Contactó con personas muy conocedoras de lo acaecido en la II Guerra Mundial. Se relacionó con Micola Lysenko. El trabajo de fin de grado lo realizó sobre "La mujer, la canción y la resistencia política en Galitzia entre los años 1940 y 1960". Entró en la Escuela Superior de Canto de Madrid. Optó por el canto lírico estudiándolo durante cuatro años. Compuso canciones ucranianas profundizando en cantos de resistencia y siguiendo la labor de investigación de los intelectuales ucranianos. Cultiva el conocimiento de la historia de su país mostrando sentir una gran vocación por lo que le era más propio.

Otra musicóloga ucraniana que vive en Madrid es Olesya Zayats. En estos momentos está estudiando ópera clásica en la Escuela Superior de Canto de Madrid. Quiere cantar para presentar en España las mejores obras de los compositores ucranianos que es importante difundir. Vale la pena hacerlo con las más valiosas de todas ellas. Los compositores rusos como Tchaikovsky son aquí muy conocidos. No así los ucranianos como Barvinski.

La hija segunda de Halyna Bardina, excelente persona de la que hablamos en su momento, llamada Victoria Harvanko Kuts, nació ya en España y ejerce la profesión de cantante. Tiene un grupo de Rok llamado Vidverty. Cuenta además con un grupo vocal de mujeres. Y canta también sola. Pertenece además a un grupo formado en Villaverde que fue fundado hace unos diez años. Se llama *Svitanok* (Amanecer). Ejerce también su actividad con un grupo vocal de chicas llamado *Ukrainky Peredzvony*

(Campanas ucranianas). La anterior directora del grupo regresó a Ucrania y Victoria (Vicky) a los 16 años, se hizo con el grupo.

Peredzvin. Coro infantil

El mencionado coro infantil se creó en la ciudad madrileña de Alcorcón, una ciudad muy industrial con una gran población dedicada al trabajo en fábricas y almacenes. En las escuelas y colegios de la localidad había niños y niñas de Ucrania trasladados por sus familias huyendo de la guerra. Para dichos tan jovencitos escolares se formó un coro con la idea de que aprendieran canciones ucranianas y no olvidaran las tradiciones de su país. Se quiso también que profundizaran en su letra y en su música y valoraran sus particulares características. Muy importante era para dichos niños y niñas que no olvidaran el idioma ucraniano. Se trataba de infantes y adolescentes que ya nacieron en España o que vinieron a vivir aquí siendo muy pequeños.

Una vez formado el coro se integraron en él niños ucranios que vinieron a España por causa de la guerra. Una bellísima forma de conservar y fortificar el patriotismo en los momentos en que Ucrania está teniendo que superar unas enormes dificultades.

Formado el coro vino el trabajo de difusión y de darse a conocer. Desde el año 2015 hay que constatar la celebración de unos quince conciertos en Madrid entre los que destacan el Colegio Británico, el día de la Constitución de Ucrania, el concurso Yuni Talanty, el Teatro Real (premios Procura), en la Facultad de Ciencias Empresariales de la Universidad CEU San Pablo y en la Cabalgata de Reyes.

En los pueblos que rodean a Madrid el coro Peredzvin dio también conciertos. Así por ejemplo en el mismo Alcorcón, en Leganés, en Torrejón de Ardoz, en Getafe, en Boadilla del Monte y en el importante medio de difusión televisivo Telemadrid, etc. Y también en lugares separados de Madrid por muchos kilómetros como Barcelona y Navarra.

La Afición a la danza

Igor es un ucraniano asentado en España que vino aquí bastantes años antes que la guerra de Putin del 2022. La razón de venir fue económica. Quiso buscar en la emigración, fuera de su patria, posibilidades de una vida mejor. Ahora tiene 46 años y lleva en nuestro país 21 años. Vive con su esposa ... y sus dos hijos Oleksander y Maksim.

Igor había nacido en Kozova, pueblo de la región de Ternopil. Fue en el año 1979. Como todos los niños del lugar fue a la escuela. Y a los seis años se manifestó su gusto y vocación por el cultivo de la danza. Una primera tutora supo aprovechar pedagógicamente lo que la naturaleza mostraba. Tanto fue así que, pasados los primeros años de formación básica fue a la Escuela Superior de Danza.

La infancia y juventud de Igor fue políticamente muy dura. Una política que se cebó en sus más próximos antepasados. La zona en donde vivía era una mezcla de religiones y de nacionalidades. En todos los pueblos de la región había dos iglesias: la greco católica y la ortodoxa. Y los ucranianos vivían en consonancia con los polacos. Los polacos eran temidos y odiados. Echaban a los ucranianos de sus lugares de origen, residencia y trabajo. A pesar de ello, en el árbol genealógico de su familia hay algún polaco.

Su abuelo paterno fue llevado a un campo de concentración de los alemanes. Los dos campos más conocidos fueron el de Auswitz y el de Oswiecim. Al salir del campo de concentración estuvo cinco años en el ejército soviético. Cuando regresó a su casa tenía ya 29 años. ¡Qué manera tan miserable de malbaratar el tiempo! Ahora la abuela está en Grecia. Y los abuelos maternos en Ucrania.

Cuando llegó a Madrid estaba dispuesto a trabajar dondequiera que fuese. Se apuntó a la construcción, especialmente a las mudanzas y a las reformas. En un determinado momento se vio enviado al paro. Tan negativa situación no le asustó. Aprovechó el subsidio del paro para sacarse, en una escuela profesional, el grado medio de electricidad. Con tal titulación pudo encontrar un trabajo adecuado. En el 2017 fue admitido al ejercicio profesional de electricista del alumbrado público en San Sebastián de los Reyes. Y sigue en ello.

En los tiempos que le dejaba libre la profesión cultivó lo que había aprendido de niño: la danza. Una danza que manifestaba una manera de ser más profunda y más sólida. Vibraba con la cultura y con el arte de su nacionalidad. La danza era la concreción artística de su pertenencia nacional. Una pertenencia que quería transmitir al futuro. Empezó a dar clases de baile los fines de semana en el colegio Dyvosvit de Alcorcón. Un colegio en el que, al acabar el curso, los estudiantes organizaban un baile para celebrar la llegada al final. En dicho cole formó tres grupos con un total de 56 alumnos. Dos grupos de 6 a 14 años. Y un tercer grupo de mayores. El profesor electricista agrupa a todos aquellos en los que descubre cualidades para bailar que son muchos. A pesar de ello, el hijo de Igor, Oleksander afirma que los españoles cantan mejor que los ucranianos. Los ucranianos, sin embargo, tal vez por haber sido desplazados y por estar lejos de su patria, se sienten más motivados.

Igor, antes, viajaba a Ucrania todos los años. Allí veía y estaba con su familia y la de su mujer. Pero desde el Covid ya no viajaron más. El último viaje lo hicieron en el 2018.

Tal inicio musical se hizo expansivo a causa de la cualidad de emprendedor y de persona ordenada que caracteriza a Igor. Esas son las dos cualidades productivas que rinden en la comunidad ucraniana que reside en Madrid. El electricista ucraniano de San Sebastián de los Reyes da clases en un local alquilado en Móstoles, la Escuela de Danza Elena López y en otro en Alcorcón en una sala de deporte. Realiza un trabajo que le gusta pero que le resulta extraordinariamente cansado. No tiene un momento para parar, ni los sábados ni los domingos. A un grupo de mayores les dedica tres horas el sábado y cuatro el domingo. Como profesor ve que consigue lo que desea. Ello le produce una satisfacción enorme.

En la comunidad ucraniana de Madrid la mayoría de los matrimonios se producen entre ucranianos y ucranianas aunque en algún caso se cuela un español o una española. De todas maneras, como vinieron jóvenes, los hijos nacieron aquí. No basta la transmisión de la cultura ucraniana en la familia. Es necesario completarla con cierta escuela. La de los fines de semana, la de las aficiones como el canto y la danza.

Mi gratísima conversación con Igor termina hablando de la guerra. Él no vino aquí por la guerra. Pero la guerra ha puesto una barrera entre la patria de adopción, España, y la patria de origen, Ucrania. ¿Cuándo se destruirá esa barrera? Igor aprovecha la ocasión para decirme que hace unos años el ejército ruso era el segundo del mundo. Ahora, en la lista de los ejércitos de los países está mucho más abajo. está mucho más abajo. No se atreve a decir en qué lugar.

Hace tiempo hubo en Madrid dos prestigiosos grupos de baile. Pero los dos desaparecieron con la pandemia. Funciona ahora el conocido con el nombre de Perlyna que redica en Alcorcón y mencionamos en otro lugar.

El puesto que ocupa la música en la ciudad ucraniana de Madrid y la calidad de la misma tiene también entre los ucranianos ojos críticos como los de Ihor Prokopiuk de personalidad verdaderamente polifacética. La transmisión de la música a los españoles piensa Ihor que no tiene tanto nivel como la transmisión de la literatura. Ihor nos dice que intentó promocionar la música pero que no logró nada. Él es intérprete pero no compositor. Editó un libro de partituras en Lviv ciudad a donde se fue a estudiar desde el pueblo en donde nació y en donde vivía.

Aceptamos las limitaciones que los expertos quieran darle. Pero no debemos dejar de constatar que los datos ofrecidos sobre musicólogos, coros y enseñanza de danza muestran, en una ciudad de 25.000 habitantes, una categoría musical de extraordinario valor.

Asistir a conciertos organizados por ucranianos en Madrid es empaparse del alto nivel musical que los ciudadanos de Ucrania poseen. Un valor y una cualidad admirables. Es encontrar al gran escritor ucraniano Taras Shevchenco con una inspiración elevada por la música como cuando se canta tanto en ucraniano como en español <El Viento en robles gime> o <Farolillos>. Es el coro Peredzvin el que nos lo da a conocer. Impacta en él su gran personalidad musical su directora: Liliya Tkachuk. Y entre los que forman el coro destaca la niña vocalista de 9 años Catalina Korendovych que también es miembro del conjunto de danza Perlyna. Entusiasma oírla cantando <Papá>, letra y música de Vasyl Mystyk.

Hay un grupo coreográfico <Cheresmshyna> formado en el Centro Educativo <Flores de Ucrania> de Torrejón de Ardoz que ofrece el baile lírico <Viburno> bajo la dirección de Yaroslava Ivanyuk y las coreógrafas Yaroslava Ivanyuk y Victoria Avramchuk.

Otro coro muy operativo es el existente en el Centro Educativo <La Unión. Mi Ucrania>. Bajo la dirección de Olena Ivanivna Winter interpreta la canción <Deseemos a nuestros guerreros>. Y en el mismo centro se ha formado un grupo que dirigido por Natalia Chaban interpreta la composición <Los Héroes no mueren>.

Entre la ciudadanía ucraniana de Madrid ha cobrado mucha fama el colectivo coreográfico Perlyna. Bajo la dirección de Igor Chizhevsky interpreta la danza Hutsul. Y <Galya lleva el agua>. Grupo Perlyna que sabe mostrar la auténtica fuerza cosaca de la danza. Una danza que - como dice la presentadora - no es solo movimiento sino toda una historia llena de energía, destreza y carácter.

Y los alumnos y alumnas del centro educativo Dyvosvit recitan el <Testamento> de Taras Shevchenco en diferentes idiomas.

HIMNO ESPIRITUAL DE UKRANIA.

Único Dios grandioso
salve a Ucrania tu cruz,
de libertad gloriosa.
Que el saber verdadero
la alumbre tu luz.
Brille en nuestro hogar
nuestro puro amor por la tierra
haznos, Padre, forjar.
Único Dios te rogamos
salve a Ucrania tu cruz
y a nuestros hermanos
des tu gracia Jesús.
Guía divina le encamine,
 le libres, le cuides, al pueblo, Dios,
le ilumines y des muchos años de vida.

EL DEPORTE DE LOS UCRANIANOS

CAPÍTULO XIV

El Deporte de los ucranianos

Lo primero que debemos decir para hablar del deporte como afición y como espectáculo es referirnos al equipo nacional de fútbol de Ucrania. En alguna ocasión, como no puede por la guerra jugar en el propio país a quien representa, lo hace fuera. Así sucedió en la primera jornada de playoffs de la UEFA Nations League. De esa forma, el 20 de marzo de 2025, jugó contra el equipo de Bélgica en la Nueva Condomina de Murcia ahora llamado estadio Enrique Roca. Fueron muchos los ucranianos de Madrid que viajaron a la ciudad del Segura a presenciar el encuentro. No eran pocos los que se sabían de memoria la alineación: Lunin; Konoplic, Zabarnyi, Matviyenko, Mykolenko; Kalinzhnyi, Zinchenko; Tsygankov, Shaparenko, Sudakov; Yaremchuk. Y allí se encontraron con ucranianos de Torrevieja, de Málaga, de toda España que coincidieron en Murcia para animar a su equipo a lograr la victoria. En total serían unos 18.000 ucranianos. De

Madrid, en coches y en autobuses llegaron unos tres mil. Un buen grupo llegó de Málaga y Marbella. El resultado del encuentro fue 3 a 1 a favor de Ucrania. Tres golazos a Courtois en remontada mostrándose Lunin muy impenetrable. Pero no todo acabó con el expresado triunfo. En el partido de vuelta celebrado en Bélgica, los belgas derrotaron a los ucranianos por tres goles a cero.

No era la primera vez que la selección nacional de Ucrania jugaba en España. Ya había celebrado partidos desde hacía tiempo en suelo español. O si jugaba dicha selección nacional en otro país de Europa, ucranianos que vivían en España viajaban para presenciar el partido. Así sucedió desde 1996. Una vez jugando el equipo en Colonia los espectadores ucranianos se percataron de la existencia de un trío que presenciaba el partido: un australiano, un canadiense y un estadounidense. Trío que volvió a darse a conocer en Murcia este año. Unos poquitos ucranianos de España fueron a Munich, Sttutgart y Dusseldorf para ver a su equipo en el campeonato de Europa.

Los ciudadanos ucranianos de Madrid practican el deporte tanto para divertirse como para triunfar en competición. Los que lo hacen son sobre todo adolescentes y jóvenes. En Madrid y municipios vecinos hay varios equipos que compiten entre sí y salen a jugar contra los de otras ciudades. La liga se juega contra otros equipos dentro de un mismo municipio. Sucede en Madrid, Alcalá de Henares y Alcorcón. El equipo *Dínamo* se formó en el año 2.000. El primer equipo ucraniano que nació en España. Juega en el Polideportivo de Orcasitas, en liga de fútbol 7. En Hortaleza compite el *Kosakos*, fútbol 7. En cierta ocasión llegó a terminar el segundo de la tabla. Jugando, como todos los demás que mencionamos en este párrafo, contra equipos españoles. El *Nigro* participa en la liga de Alcorcón. Éste ya, en la de fútbol 11. Y en Alcalá de Henares, futbol 7, toma parte el *Karpaty*. Juega en el polideportivo Avance. Tanto el *Nigro* como el *Karpaty* han sido campeones de la liga municipal en diversas ocasiones.

La competición que se celebra en Alcalá de Henares, en los campos del Club Deportivo Avance es un torneo de fútbol 7 (siete jugadores por equipo, 25 minutos de duración en cada parte, ocho equipos en liza). Los equipos participantes en el torneo son: Las Cañadas II, Kahuna. Amicii, D.C Miralvalle, C.D. Navarrosa, Kia de las Heras, Machaquito de la Isla y Karpaty. Karpaty está formado totalmente por ucranianos. Viene de Alcalá, de Torrejón de Ardoz y de otros pueblos del entorno. El color de la vestimenta futbolística ucraniana es blanquiverde. Verde el pantalón y la parte baja de la camiseta. Blanca, la parte alta del maillot. En los momentos en que escribo estas líneas está el primero de la tabla. Ha sido apasionante ver a los jugadores del Karpaty vencer dos a uno al Machaquito de la Isla de Alcalá de Henares. La primera parte terminó con un cero a cero. En la segunda los ucranianos metieron el gol del empate y el de la victoria. Qué apasionante verlos jugar sobre el césped verde del campo de fútbol del Club Deportivo Avance. Un césped no natural sino artificial.

El campeonato que estoy describiendo es un torneo de veteranos. Los jugadores tienen más de 30 años. Solo puede haber dos por equipo que sean menores de treinta. El Karpaty hace 24 años que se fundó. La mayoría de los jugadores llevan en España bastantes años. Otros, muy pocos, vinieron con motivo de la guerra de Putin. No pueden ser por lo tanto veteranos. En el equipo hay una fase A, los mejores, y una fase B, los menos buenos.

En Alcorcón se celebra encuentros futbolísticos parecidos. El lugar es el Polideportivo Santo Domingo situado cerca de la estación de renfe de Las Retamas. Un polideportivo muy bien dotado con varios campos de fútbol todos con verde césped. El equipo ucraniano se llama Sokil. No hay organizada liga alguna. Los miembros juegan formando dos equipos informales en un campo de 7 contra 7. Son voluntarios aficionados sin límite de edad. El dinero que recogen lo mandan al ejército ucraniano.

Las ligas son por lo tanto a nivel municipal. Hay sin embargo una copa llamada *Copa Unidos*. El ámbito geográfico abarca toda España. Una copa especial para ucranianos. En cierta ocasión ha participado en dicho torneo copero, como si fuera español, un equipo francés. Fue el equipo FC París que quedó campeón. Y el *Legrín* de Barcelona jugó en la Francia de ucranianos como si fuera galo.

Entre los ucranianos de España hay un equipo de veteranos (mayores de 60 años). Juegan dicha copa 18 equipos de varios países. Viene de Francia, de Polonia, e incluso de Ucrania. En cierta ocasión vino un equipo de Zaporiya, el *Zaporiska Sich*. El equipo de ucranianos de España ganó el año pasado la copa Donostia de veteranos. Los de Zaporiya ganaron el torneo de Benalmádena. Se ha jugado también en Coruña. El próximo junio la celebración tendrá lugar en Mallorca. Parece que tomarán parte 65 equipos de todas las categorías.

Son promotores y organizadores de todos estos eventos futboleros, Lunin, el portero de la selección que vive en Madrid. Roman Zozulya que antes jugaba en el Sevilla. Para conseguir dinero que mandar a Ucrania hacen subastas con camisetas y balones firmados por los que piden bastante dinero. En un nivel muy organizativo se encuentra Vasyl Vaskiv, de Drogobich (área de Lviv). Nacido en Drogobich, cerca de Lviv, lleva 22 años en España a donde vino por razones económicas. Siendo más joven que ahora jugó en el *Dínamo* y pasó luego al *Carpaty* al que estuvo ligado durante 12 años.

En el marco de la Comunidad de Madrid se celebró un mundialito en los años 2003 y 2005, patrocinado por Telefónica. Participaron 40 naciones de 40 continentes. Y estos dos últimos años 2023, se ha celebrado la copa Enibig entre personal de Embajadas de los Estados del mundo que representan a su país ante España en Madrid. Personal que vive en Madrid y trabaja en la Embajada de su país. Participaron 36 equipos de cuatro continentes y el de Ucrania quedó campeón venciendo a Ghana en la final.

También se practican otros deportes ajenos al fútbol. Veamos un caso concreto.

Iván, hijo de Elena, tenía mucha afición al piragüismo. Iba al colegio de Pozuelo Príncipes de España. Para poder desarrollar su capacidad en esta materia, su madre española le condujo al estanque del Retiro en donde una entrenadora llamada Loreto entusiasmada con sus cualidades, le abrió las puertas no solo al remo sino también a un centro de formación intelectual de deportistas, el centro Ortega y Gasset, de excelencia deportiva. Situado en la ciudad universitaria forma a los alumnos a la par en estudios y deporte. Iván allí logró muy buenos resultados tanto en competencia física como mental. Sus notas siempre fueron altas llegando a instalarse en el sobresaliente. Habiéndose ido su familia a vivir a un pequeño pueblo de Santander no siguió con el piragüismo pero cuando viajó a Madrid a recoger su título en el Ortega y Gasset sus antiguos profesores alabaron mucho sus cualidades tanto intelectuales como deportivas.

En el capítulo que dedicamos a las familias, nos encontramos con un chico deportista en el Príncipes de España y luego supimos de él que había sido admitido en el club de baloncesto de juveniles tutelado por el ayuntamiento. Jugando se lo pasaba muy bien.

Hay eventos de boleivol y pádel que gustan a quienes los siguen. Tuve ocasión de conocer a Marta Oknuska que juega al baloncesto en la Arganzuela y recibió un premio. Aspira a conseguir un nivel profesional. Roman Layuk, de 18 años, residente en Leganés, obtuvo un premio como boxeador en el campeonato de España. También hay ucranianos y ucranianas que practican la gimnasia.

CONSIDERACIONES FINALES

CONSIDERACIONES FINALES

Los sentimientos de los ucranianos madrileños y la satisfacción de vivir en Madrid

¿Cómo se encuentran los ucranianos desplazados que viven en España y en concreto en Madrid? La respuesta a esta pregunta siempre es extraordinariamente positiva. Afirman encontrarse cómodos, sentirse queridos, hallarse apoyados. Consideran que los españoles y de una manera más precisa los madrileños son abiertos y amables. Una universitaria que al comenzar la guerra se encontraba en otro país de la Unión Europea, tras su traslado a Madrid, afirma las ventajas que le produjo el cambio por la mejora en la relación y en la comunicación social.

Y los españoles ¿qué piensan, qué sienten de los ucranianos establecidos aquí? Una alta funcionaria, muy valiosa por cierto, me dijo: aceptamos a los ucranianos porque son blancos, porque son altos, porque son rubios, porque tienen los ojos azules. Lo que estamos haciendo con ellos no lo haríamos si tuvieran otros rasgos corporales. Yo le dije: ¡qué visión tan racista! Así es, así es, me subrayó con insistencia.

Svitlana Kmetyk nos hace la siguiente reflexión. Piensa que muchos ucranianos de Madrid son nacionalmente ambiguos. Ella utiliza la palabra *"inexistentes"*. Como hace mucho tiempo que vinieron de Ucrania parece que allí les tienen como un tanto olvidados. Pero viviendo aquí - aunque son muy cordialmente aceptados - procuran no españolizarse demasiado por que desean íntimamente no perder sus rasgos nacionales propios.

Otra cuestión que es causa de reflexión es que parece haber una diferencia entre la que se da a los refugiados ricos y a los refugiados pobres. A no pocos españoles les parece o por lo menos dan a entender que lo viven íntimamente así, que los ricos no tendrían derecho a ser atendidos. Los pobres son los que verdaderamente deben ser atendidos. Los ricos como cuentan con un respaldo económico fuerte, exigen mucho, a veces demasiado. Y agradecen menos lo que por ellos se hace. En el texto hemos hecho referencia a ucranianos venidos con dinero que montaron clubs en la Costa del Sol.

A la dificultad expuesta, no es difícil dar una respuesta. En muchísimos aspectos, la guerra trata igual a los ricos que a los pobres. Frente a los tanques, los bombardeos y los misiles, todos deben ser protegidos y cuidados con la misma atención y el máximo esfuerzo.

Hablemos de los matrimonios. Existen matrimonios ucraniano / españoles que funcionan muy bien. El paso del tiempo solo sirve para fortificarlos. Hay sin embargo matrimonios ucranianos entre personas de distinta etnia, rusa y ucraniana que han funcionado bien durante tiempo pero que ahora, debido a la guerra iniciada por Rusia, han terminado con la separación y el rompimiento.

Las relaciones interpersonales se basan en el carácter. ¿Cómo es el carácter de los ucranianos? Después de haberles tratado en mi investigación, que ha durado *full time* casi un año (desde que conocí a Beatriz Prieto el 17 de junio de 2024) puedo decir que me produce la impresión de que los ucranianos tienen un carácter más parecido a los italianos y a los españoles que al de los alemanes y al de los ingleses. También soy capaz de afirmar que la dimensión organizativa que caracteriza su trabajo no es espontánea sino impuesta por la exigencia derivada de las necesidades. Los ucranianos se exigen mucho a sí mismos. Y puedo decir en verdad que hay facetas de organización que utilizan en su vida cotidiana que yo, en la sociedad española, no he tenido costumbre de verlas. Por ejemplo, las exigencias que se imponen a las asociaciones para que puedan pertenecer al KRAI (Unión de Asociaciones Ucranianas en España). Estas dos características, muy vinculadas entre sí hacen esperar que el grupo ucraniano de Madrid dé para el futuro unos frutos de creación ciudadana, muy esperanzadores.

De los distintos capítulos que hemos escrito para el lector de este libro, el que tiene más altura es el dedicado a la cultura, especialmente literaria, y más especialmente todavía, poética. La organización aparece también en un par de capítulos muy admirables como el del asociacionismo y el de la enseñanza en ucraniano.

Quiero exponer la experiencia y el objetivo de una mujer ucraniana que demuestra su amor a España y su deseo de difundirlo entre sus compatriotas. Dicha mujer se llama Oksana Orlova. He tenido ocasión de conocerla y estrecharle la mano. Tal vez fue la primera ucraniana estos últimos años que realizó el Camino de Santiago. Después lo ha hecho más veces, cinco en total, animando a otras compatriotas a acompañarla en su peregrinación. Piensa escribir un libro sobre su experiencia. Qué manera ten profunda de mostrar el amor y el reconocimiento a España.

Abordamos otra cuestión. La de los españoles que van a Ucrania en tiempo de guerra y se quedan allí. Si este libro está dedicado a los ucranianos que viven en Madrid de resultas de la guerra, parece oportuno mencionar también a los madrileños que viven en la Ucrania azotada por los misiles y las bombas. Tenemos noticia de una señora española que vive en Kiev y se ha quedado allí durante la guerra entusiasmada con su profesión de profesora de baile que le fascina. De la misma forma una periodista que pasa en Ucrania largas temporadas debido a su condición profesional.

Los ucranianos que viven en España saben unir de una manera eminente la intra relación entre ellos y la inter relación con el entorno personal que les rodea. El grupo ucraniano es un grupo muy unido. Pero no por ello forman ningún tipo de gueto. Es admirable. Y con los españoles la relación es francamente abierta. Hospitalaria y cordial como ella sola.

Todo lo que acabamos de decir son facetas que nuestro trabajo nos ha llevado a observar. Lo importante es captar y saber ofrecer al lector una visión de conjunto. Dos son los aspectos que destacan. El primero, el de las relaciones interpersonales. El segundo el de la práctica organizativa racional.

NOTAS

(1) -. COLÁS, Xavier. Putinistán. Un país alucinante en manos de un presidente alucinado. La Esfera de los Libros. Madrid, 2024.

(2) -. COLOM PIELLA, Guillem (ed). La Guerra de Ucrania. Los Cien días que cambiaron Europa. Los Libros de la Catarata. Madrid, 2022. GONZÁLEZ SEGURA, Luis. La Trampa ucraniana. El Relato occidental a examen. Akal. Madrid, 2023. ROJAS, Alberto. Vivir la Guerra. La Guerra de Ucrania desde las trincheras. Penguin. Barcelona, 2024.

(3) -. QUIRANTE, Marcos Javier. "Sueños en guerra". En AA. VV. Ucrania, palabras contra la invasión. Ed. Modus operandi. Madrid 2022. p. 91 y ss.

(4) -. RUIZ, Diego. "Mi última carta". En AA. VV. Ucrania, palabras contra la invasión. Ed. Modus operandi. Madrid 2022. p. 59 y ss.

(5) -. CALLE, David. "Catorce horas para Varsovia". En En AA. VV. Ucrania, palabras contra la invasión. Ed. Modus operandi. Madrid 2022. p. 63 y ss.

(6) -. BEGOÑA, Isaak. "Viaje a Polyanitsa". En AA. VV. Ucrania, palabras contra la invasión. Ed. Modus operandi. Madrid 2022. p. 77 y ss.

(7) -. YERMOLENKO, Volodymyr. "Steppe, imperio y crueldad". Ucrania en su Historia y sus historias. Madrid, 2023. p. 108.

(8) -. PETSCHEN, Santiago. "Ucrania, entre la escisión y la unidad". Desarrollo. Nº 30. Diciembre 2000. pp. 40 - 45. PETSCHEN, Santiago. "Identidad nacional y factor religioso. El caso de Ucrania". ILU. Revista de Ciencias de las Religiones. 2005. pp. 83 - 96.

1	2	3	4	5	6
Polacos de Polonia. Fuera de Ucrania	Ucranianos de Ucrania Occ.Oeste	Ucranianos de Ucrania Oeste-centro	Ucanianos de Ucrania central	Ucranianos del Donbas (oeste) y del sur	Rusos de Rusia. Fuera de Ucrania
Católicos de rito latino	Católicos de rito griego	Iglesia Autocéfala	Iglesia ortodoxa/ Patriacado de Kiev	Iglesia ortodoxa/ Patriarcado de Moscú (autónoma)	Iglesia ortodoxa/ Patriarcado de Moscú

(9) -. Clemente VIII. Magnus Dominus et laudabilis nimis. 1595.

(10) -. Juan Pablo II. Carta Apostólica con ocasión del Cuarto Centenario de la Unión de Brest. 12 de noviembre de 1995.

(11) -. El presupuesto para la construcción de la capilla bizantina en Maldonado es de septiembre de 1959. Archivo de la Compañía de Jesús de Alcalá de Henares. Padre Santiago

Morillo Triviño. Archivador 15. La capilla duró hasta el año 2015 en que despareció con las obras de reforma.

(12) -. "Por Decreto Conjunto de los Ministerios de Asuntos Exteriores y de Educación Nacional de 6 de diciembre de 1946 (B. O. del 14 - 12 - 46) se creó el Colegio Mayor Santiago Apóstol, destinado a aquellos estudiantes universitarios que desplazados de sus patrias por la persecución religiosa del comunismo, solicitan auxilio y amparo para continuar en España sus estudios académicos". Carta de José María Otero Navascués, presidente de la Obra Católica de Asistencia Universitaria (O. C. A. U.) al Ministro de Educación Nacional del 30 de octubre de 1951. Archivo de la Universidad Complutense. Colegio Mayor Santiago Apóstol.

(13) -. En el Archivo Diocesano de la Diócesis de Madrid no se encuentra referencia alguna al padre Segundo Benito. En el Archivo de Curia de la Catedral de Madrid hay un documento de 1975 que hace referencia a los ucranianos. Se afirma que son demasiado pocos para crear para ellos una parroquia. El decreto del cardenal Rouco creando una Capellanía en la parroquia del Buen Consejo de la calle Princesa de Madrid es muy posterior.

BIBLIOGRAFÍA

AA. VV. *Ucrania. Palabras contra la Invasión*. Modus Operandi. Madrid, 2022.

COLÁS, Xavier. *Putinistán*. La Esfera de los Libros. Madrid, 2024.

COLOM PIELLA, Guillem. *La Guerra de Ucrania. Los Cien días que cambiaron Europa*. Catarata. Madrid, 2022.

GARCÍA ANDRÉS, César. *Historia de Ucrania. De la Antigüedad a la Independencia*. Universidad de Valladolid. Valladolid, 2023.

GONZALO SEGURA, Luis. *La Trampa ucraniana. El Relato occidental a examen*. Akal. Madrid, 2023.

LASHERAS, Borja. *Estación Ucrania: el país que fue*. Libros del K.O. Madrid, 2022.

PETSCHEN, Santiago. "Identidad nacional y factor religioso. El caso de Ucrania". *Ilu. revista de Ciencias de las Religiones*. 2005. pp. 83 - 96.

PLOKHY, Serhii. *La Guerra Ruso Ucraniana. El Retorno de la Historia*. Ed. Península. Barcelona, 2023.

ROJAS, Alberto. *Vivir la Guerra. La Guerra de Ucrania desde las trincheras*. Ed. B. Barcelona, 2024.

Ucrania en su historia y sus historias. Editado por la Asociación de Iniciativas Europeas para Ucrania. Madrid, 2023. Global Square Editorial.

VEIGA, Francisco. *Ucrania 22. La Guerra programada.* Editorial Alianza. 14 Septiembre 2022.

YARIMOVICH, V., BILYK, A. y VOLYNSKI, N. *Breve historia de la organización estudiantil y de la colonia ucraniana en España 1946 - 1996.* Philadlphia Madrid, 1997. Obra sintetizada en el artículo KANIAZHICH, Lana. "La Historia de unos fugitivos que se convirtieron en estudiantes" o "Unas notas sobre la aparición de una diáspora ucraniana en España hace más de medio siglo". O1/01/2004.

ARCHIVOS CONSULTADOS.

Archivo de la Compañía de Jesús. Alcalá de Henares.
Archivo de Curia. Catedral de Madrid.
Archivo Diocesano. Diócesis de Madrid.
Archivo de la Universidad Complutense. Colegio Mayor Santiago Apóstol.